Josephine LH

Le nouveau souffle
d'une vie

Collection Dahlia
Rouge Noir Éditions

Dédicace

Mentions légales
Le nouveau souffle d'une vie
Josephine LH

ISBN : 978-2-902562-48-0
Couverture : © Orlane, Instant immortel
Mise en pages : © Orlane, Instant immortel
Corrections : © Sonia Frattarola
Images : © Shutterstock (de 4 PM production), © Freepik

Le Code de la propriété intellectuelle interdit les copies ou reproductions destinées à une utilisation collective. Toute représentation ou reproduction intégrale ou partielle faite par quelque procédé que ce soit, sans le consentement de l'auteur ou de ses ayants droit ou ayant cause, est illicite et constitue une contrefaçon, aux termes des articles L.335-2 et suivants du Code de la propriété intellectuelle.

Le téléchargement, la numérisation et la distribution de ce livre, sous quelque forme ou moyen, y compris l'électronique, mécanique, photocopie, enregistrement ou autre sans l'autorisation du détenteur du droit d'auteur sont illégaux et punis par la loi. Veuillez acheter uniquement des éditions autorisées à cette oeuvre et ne participez ou n'encouragez pas le piratage. Votre soutien au travail de l'auteur est apprécié.

© 2020, Rouge noir éditions

Avant-propos

Cette histoire est romancée. Il faut savoir qu'au moment où vous me lisez des femmes, mais aussi des hommes sont violentés par leurs conjoints et peuvent mourir sous leurs coups.

Ce livre est un message d'espoir à vous qui subissez, pour vous redonner le goût à la vie, confiance en vous et croire en l'humain.

Nous avons tous droit à l'amour, au bonheur.

Une belle vie à tous, surtout soyez heureux.

Chapitre 1

Il est 17 heures, je dois monter me doucher et m'habiller avant qu'il ne rentre à 18 heures 30. Je suis obligée de me laver avec le gel-douche à la vanille qu'il m'achète ainsi que le shampooing à l'aloe Vera. Tous les soirs, c'est le même rituel et je dois bien faire attention à l'heure. Quand il rentre, je dois l'attendre dans la cuisine pour l'inspection de la maison pour voir si elle est propre.

Je ne dois pas traîner, je file à la douche. Je lave mes cheveux et ensuite mon corps, une légère grimace de douleur me vient quand je lave mes fesses. Je me sèche très vite puis je vais dans la chambre, j'enfile mon soutien-gorge de dentelle noire ainsi que le string coordonné, je mets mes bas délicatement pour ne pas les filer. Je me vêtis d'une robe près du corps noire avec un boléro rouge. Ce sont les couleurs obligatoires que je dois porter chaque soir. Je retourne à la salle de bains pour faire un lissage à mes cheveux, un maquillage léger et je suis prête.

Je descends à la cuisine pour vérifier que tout est propre et que le repas soit bien prêt. À 18 heures 20, je prépare son verre de whisky Jack Daniels avec deux glaçons que je pose sur la table de la cuisine.

À 18 heures 30, la porte d'entrée s'ouvre. Comme à son habitude, il dépose sa mallette, accroche sa veste au portemanteau et enlève ses chaussures qu'il place à l'entrée et va ensuite s'assoir sur son fauteuil.

Pourvu qu'il soit calme ce soir...

— Lizzy, mon verre !

Je prends le verre et le lui apporte. Pas un mot ! Pas un bonjour ! Pas un comment tu vas ? Rien. Il se penche, pose le verre sur la table du salon, me regarde et :

— Inspection Lizzy !

Il se lève et se dirige vers la cuisine pour voir le repas du soir :

— Cahier.

Je tire le tiroir et sors le fameux cahier avec le stylo. Il note la date du jour et le repas que j'ai confectionné puis il vérifie, la dernière fois que je l'ai réalisé. J'ai un rituel, reprendre le cahier du début pour ne jamais refaire le même plat une semaine sur l'autre.

— Bon, ça va ! Maintenant, le reste. Attends-moi ici !

Et mes supplications intérieures commencent,

J'espère que je n'ai rien oublié, pourvu qu'il ne trouve rien...

— Lizzy, tu viens ici, tout de suite !

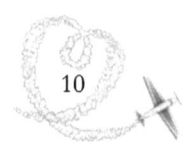

Je ne dis rien, pour ne pas l'énerver, mais j'ai peur. Arrivée devant lui, il passe un doigt sur la bibliothèque et en sort de la poussière. Merde, à force de faire vite, je l'ai oubliée.

— C'est quoi ça ? Pauvre conne !

Je baisse la tête par habitude et évite son regard.

— Je finis le tour, mais tu connais le tarif, alors enlève ta robe et en position sur le tabouret, j'arrive.

Je ne le regarde pas faire le reste de l'inspection, mais je suis obligée de faire ce qu'il vient de m'ordonner. J'enlève alors ma robe et je me place de façon qu'il ne puisse voir que mon dos et mes fesses et je me prépare mentalement à ne pas pleurer sinon cela va être pire. Il risque de doubler les coups.

Il revient avec son nouveau joujou, une branche souple de l'arbre du jardin. L'autre jour, il est revenu ravi :

« *Regarde ce que j'ai pour toi, avec toutes les conneries que tu fais, elle va me servir.* »

Il l'a déjà utilisée hier soir et rebelote ce soir.

— Tu n'es pas installée comme je te l'ai dit, quinze coups de plus et surtout, je ne veux pas voir une seule larme, sinon tu dors à la cave.

Je rentre dans ma bulle, je m'isole le plus possible, pour ne pas ressentir les coups. Dans ma tête, ma litanie commence avant qu'il ne frappe.

Lizzy ne pleure pas, Lizzy ne pleure pas …

De plus, je dois les compter à haute voix :

— Compte ! N'en oublie pas sinon, je recommence du début.

Je l'entends qu'il soulève son bras et bang :

— Un …

Le suivant arrive ainsi que les autres, je subis la punition et je retiens comme je peux mes larmes qui sont prêtes à inonder mon visage. Il frappe pour la quarante-cinquième fois et une larme tombe sur le carrelage.

Oh ! Non ! Pourvu qu'il ne la voie pas ! Seigneur ! Non !

— Lizzy regarde-moi !

Je lève mon visage et la sentence tombe.

— Suce-moi et après, tu files à la cave, je t'avais prévenue, pas de larmes.

Je lui enlève son pantalon et son boxer, je le prends dans ma bouche et je ferme les yeux pour ne pas le regarder, mais une gifle me les fait rouvrir.

— Je veux que tu me regardes, il faut tout te dire. Applique-toi, merde !

Je fais du mieux que je peux, mais il continue à râler.

— Tu fais vraiment n'importe quoi ! Il faut aussi t'apprendre à me sucer. Appuie tes mains sur chaque côté du tabouret et écarte bien tes jambes. Je vais mettre une capote et je te sodomise.

Oh ! Non ! Pas ça ! Il va me faire mal comme à chaque fois, on dirait qu'il prend plaisir à me faire du mal.

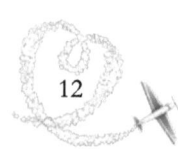

Il revient, m'attrape par les hanches et sans ménagement me pénètre.

— Je ne veux pas t'entendre, sinon je reprends le fouet.

Ses va-et-vient sont à hurler de douleur, je mords mes lèvres pour ne pas crier tellement il me fait mal. La douleur devient insoutenable, je n'en peux plus, des gouttes de sang tombent sur le carrelage à force de mordre mes lèvres et éviter qu'il n'entende le moindre son sortir de ma bouche.

— Tu nettoies le sang et après, je t'enferme à la cave.

Je file à la cuisine récupérer le seau avec de l'eau et mon balai serpillière. Je frotte, je retourne à la cuisine pour tout remettre à sa place et sans attendre, il me fait signe pour que je prenne les escaliers où est la fameuse cave. Un tour de clé et me voilà seule, abandonnée à mon triste sort. Comment en est-on arrivé là ? C'est la question que je me pose depuis quelque temps.

Chapitre 2

J'ai rencontré Maxime Ferrand chez des amis communs, lors d'une soirée par un pur hasard, car j'avais prévu de ne pas m'y rendre. Ils ont tellement insisté que j'y suis allée. À l'époque, je travaillais dans un salon d'esthétique, mes journées étaient bien remplies et le soir, je n'avais pas très envie de sortir.

C'était il y a cinq ans et depuis, il s'en est passé des choses. Tout d'abord, il m'a fait une cour assidue. Je l'ai fait attendre six mois avant de sortir avec lui et si j'avais su ce qui m'attendait, jamais ô grand jamais, je n'aurais fait attention à lui. J'aurais décliné toutes ses demandes.

Un an et demi plus tard, on se mariait et je devenais madame Lizzy Ferrand. Un mariage parfait, nous avons vécu pendant un an un mariage de rêve, où l'amour envahissait tout dans notre maison.

Puis, lorsque j'ai perdu mon travail, tout a dégénéré, c'était il y a deux ans. Depuis deux ans, je subis ses brimades, ses colères, ses humiliations, sa perversité, ses coups et ses punitions.

Il m'a supprimé tous moyens de communication. Je n'ai plus de téléphone portable, je n'ai plus accès à l'ordinateur de la maison. Il m'a fait fermer mes comptes sur les réseaux sociaux. Il m'a supprimé ma carte bleue, je n'ai plus accès à toutes liquidités et le matin quand il part au travail, il m'enferme dans la maison pour que je fasse le ménage de fond en comble ainsi que son repas du soir.

Heureusement, il ne rentre pas le midi. Et s'il lui arrive l'envie de rentrer à l'improviste, c'est pour me forcer à avoir des relations intimes avec lui. Il m'interdit également de prendre la pilule et de cette façon, il peut surveiller mes ovulations et décider quand je tomberai enceinte. Avec ses parents qui le bassinent pour avoir des petits-enfants et vue l'attitude qu'il a actuellement, je sens que c'est pour bientôt.

Les samedis et les dimanches sont les jours les plus difficiles à supporter. Si nous restons à la maison, les punitions pleuvent comme des petits pains. Et si nous sommes invités au repas de midi chez ses parents, j'ai droit à toutes les recommandations avant de partir. En gros, sois belle et tais-toi. Quand mes beaux-parents me parlent, il surveille toutes mes réponses et au retour, j'ai droit aux brimades. Je sais à sa façon de me parler, qu'en arrivant à la maison, j'aurais ses trente coups sur mon dos et sur mes fesses.

******

Dormir à la cave n'est pas l'idéal. À coucher nue sur un vieux matelas sans couverture, je n'ai pas trouvé le sommeil. Il faut dire que le va et vient des rats, n'apporte pas le sommeil.

Le tour de clé m'indique que je vais enfin pouvoir remonter.

— Va prendre ta douche et après, prépare-moi mon petit déjeuner. Je ne vais pas travailler aujourd'hui, tu prépares le déjeuner et ensuite, tu fais ton ménage. Je te surveille.

Je file à la salle de bains et je réfléchis à ce que je vais mettre. Puisqu'il est là, il faut que je m'habille de rouge et de noir.

Après ma douche, j'enfile des dessous, un chemisier de soie rouge, et une jupe crayon noire. Je brosse mes cheveux, un léger maquillage et je descends à la cuisine.

Je m'empresse pour préparer son petit déjeuner.

— J'ai failli attendre! Prépare pour midi et ne regarde pas dans le cahier, d'ailleurs, tu vas me le donner. Je vais te faire passer l'envie de regarder à l'intérieur et me prendre pour un con, tu crois que je n'ai pas compris ton manège?

Je me retourne vers le tiroir, sors le cahier et le lui tends.

— Avant de préparer, va me chercher le calendrier qui est sur mon bureau.

Je me précipite et je reviens très vite avec son calendrier et le lui donne. Il le regarde et un sourire vicieux pointe sur ses lèvres. J'évite le plus possible de le fixer.

J'ouvre le frigo, je fais par élimination de date par rapport à la viande que j'ai à l'intérieur.

— Tu sais à quoi me sert ce calendrier ? Réponds-moi !

— Non !

— À ton ovulation, figure-toi ! Et comme mes parents veulent absolument être grands-parents, nous n'allons pas les décevoir. À partir d'aujourd'hui et pendant trois jours, on va niquer comme des lapins, ma chérie.

Je blêmis, il s'en rend compte et se met à rire.

— Tu as intérêt de tomber très vite enceinte, ou sinon, tu vas en subir les conséquences ! Laisse tomber le repas, et attends-moi sur le lit, j'arrive.

Je ne veux pas de bébé de ce pervers, mais si je ne tombe pas vite enceinte, il va me faire vivre un véritable enfer. Et à chaque fois que j'aurai mes règles, mon corps en portera des traces et je dormirai dans la cave.

Je fais ce qu'il me dit, car je n'ai pas le choix de toute façon. Je l'attends nue et assise sur le lit.

Chapitre 3

Pendant trois jours et trois nuits, j'ai eu droit à ses assauts répétés. Je n'en peux plus, mes parois vaginales me font horriblement mal. Et après chaque éjaculation, *afin de nous donner toutes nos chances* comme il le dit, il me faisait mettre les jambes en l'air pendant vingt minutes. Finalement, à choisir, je préfère tomber enceinte plutôt que de subir encore et encore ses pénétrations sauvages.

Après ses trois jours d'arrêt-maladie, Max retourne au boulot et je retrouve enfin ma tranquillité.

Les jours passent. Il me surveille, mais il surveille surtout le calendrier. Tous les soirs, il fait le décompte. Il ne me punit pas, rien. Il attend comme un prédateur attend sa proie pour se jeter dessus au bon moment.

Puis, un soir, il rentre, il m'appelle et me donne un test de grossesse :

— Demain matin, dès que tu te lèves, tu vas faire pipi sur ce test. Tu as intérêt de bien lire le mode d'emploi avant pour ne pas te planter et ensuite, tu me l'apportes. En attendant inspection, cela fait un moment que je ne t'ai pas corrigée. Allez, à la cuisine en premier.

Il vérifie ce que j'ai préparé, note sur le cahier la date et le plat, puis regarde quand il a été réalisé la dernière fois. Un sourire sadique pointe au coin de ses lèvres. Il relève la tête et me dit :

— Tu l'as fait la semaine dernière, tu ne peux pas faire attention à ce que tu fais grosse connasse ! Tu sais ce qu'il te reste à faire ! Moi, je finis l'inspection.

— Non ! Mais …

— Tu répliques en plus ? Mais je vais te casser tes dents de grosse merde. Oh ! Putain !

Il se retourne, attrape sa baguette et les coups commencent à tomber. Chaque partie de mon corps est en souffrance. Il devient complétement fou, les coups s'abattent de partout et comme si le fait de me flageller ne suffisait pas, il me donne des coups de pieds sur mes côtes, sur mon ventre. Tout mon être ne devient que douleur. Au début, j'essaie de crier très fort *au secours … au secours*, pour qu'un voisin puisse m'entendre. Mais rien ne l'arrête, il continue, il ne me laisse aucun répit. Je n'en peux plus, je veux mourir pour ne plus subir ses humiliations quotidiennes. Je ne mérite vraiment pas cela.

Je murmure avec ce qu'il me reste de force des *aux secours* … Je suis anéantie par la douleur. Je me sens partir, ma vision devient floue et je m'évanouis.

******

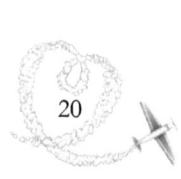

— Docteur ! Elle se réveille …

J'entends cette voix douce à côté de moi. J'essaie de bouger, mais la douleur est telle que cela me fait grimacer, des larmes commencent à couler sur mes joues. Seigneur ! Mais qu'est-ce qu'il m'est arrivé ?

— Ne bougez pas madame Ferrand, le médecin arrive.

— J'ai … mal partout …

— Oui ! Je sais ma petite dame. Ne vous inquiétez pas, je reste avec vous.

— J'ai soif … mon œil … me fait mal, j'ai du mal … à voir avec …

Elle me fait ouvrir la bouche et dépose délicatement sur mes lèvres une paille pour que je puisse boire.

La porte s'ouvre et un homme d'une cinquantaine d'années, cheveux gris, en blouse blanche, entre dans la chambre.

— Bonjour, madame Ferrand, je suis le docteur Crimand, comment vous sentez-vous ?

— Bof !

— Avec ce qui vous est arrivé, je me doute.

— Qu'est-ce qui m'est arrivé docteur ?

— Je ne peux pas vous en parler, madame Ferrand, car un policier doit vous poser des questions.

— Un policier ?

— Ne vous inquiétez pas, l'infirmière Abigail reste avec vous.

L'infirmière pose avec douceur sa main sur la mienne et je la serre comme une bouée de sauvetage de peur de me retrouver seule, sans ce visage rassurant.

— Nous allons prendre soin de vous madame Ferrand. Abigail va s'assurer que vous êtes sous morphine pour éviter que vous ne souffriez.

— J'ai l'impression d'être en kit et qu'il va falloir refaire le puzzle.

L'infirmière me sourit et le médecin éclate de rire.

— Vous ne manquez pas d'humour madame Ferrand. Je vais faire entrer le policier, vous êtes prête ?

— Oui… Vous restez aussi docteur ?

— Cela vous rassure ?

Je hoche la tête pour lui dire oui. Il se retourne, attrape la poignée de porte et invite le policier à entrer, celui-ci pénètre dans la chambre et se dirige devant mon lit.

— Bonjour, madame Ferrand, je suis le brigadier-chef Schelderman. Vous avez la force de répondre à mes questions ?

— Je vais… essayer…

— Vous savez pourquoi vous êtes là ?

Les larmes coulent sur mes joues d'un coup, je viens de me souvenir de la raison pour laquelle je suis dans ce lit.

— À cause de mon mari ! Je murmure de peur qu'il ne m'entende.

— Pour l'instant, il est en garde à vue, il nous faut votre déposition pour pouvoir le déférer devant un juge.

— Et si je ne porte pas plainte contre lui ?

— À la fin de sa garde à vue, il pourra rentrer chez lui.

— Je … ne sais pas quoi faire.

— Si vous ne portez pas plainte, il va recommencer quitte à vous tuer, en portant plainte madame Ferrand, il sera jugé et vous pourrez reprendre votre vie en main.

Les paroles du brigadier se faufilent dans ma tête. Si je ne porte pas plainte, il rentre à la maison. Si je ne porte pas plainte, il pourra recommencer. Je ne veux plus subir sa perversion, c'est terminé, je veux continuer à vivre, je veux retrouver ma liberté !

— Je porte plainte.

Chapitre 4

Je suis sortie de l'hôpital, il y a trois semaines. Je suis passée par un centre pour femmes battues. C'est le lieu où je vis actuellement. Je me remets lentement ici, je peux tranquillement penser à ce que je vais faire de ma vie, après lui. Avec la directrice du centre, je suis en train de préparer un dossier pour avoir un logement, j'ai déjà rencontré un avocat pour une demande de divorce. Mes recherches d'emploi en tant qu'esthéticienne sont actives, mais font chou blanc. Il n'y a rien actuellement sur le marché du travail, alors je songe à faire une formation pour me reconvertir.

Mon avocat, maître Alfonsi m'a proposé de faire une formation d'assistante juridique. Il me formera dans son étude avec ses associés et si le stage est concluant, il pourrait m'embaucher.

Malgré le dépôt de plainte et le jugement, Max a été remis en liberté. Il a découvert, il y a peu, où je réside et il me harcèle pour que je revienne vivre avec lui. Il me fait la promesse qu'il ne recommencera plus, mais je ne le crois pas.

Ses parents sont venus me voir pour que je reprenne la vie commune avec leur fils. Quand j'ai refusé, ils n'ont pas hésité à m'insulter, en me traitant d'ingrate, en me disant que leur fils a tout fait pour moi, que je devais me reprendre et effacer les erreurs du passé afin d'avoir un avenir meilleur.

Quand je leur ai balancé à la figure que grâce à ses bons soins, j'ai failli mourir, j'ai manqué de peu perdre un œil, j'ai eu cinq interventions chirurgicales et que j'ai perdu le bébé que je portais, ils ont osé me dire que ce n'était pas grave et que des bébés, il pouvait m'en faire plein d'autres.

Je les ai mis à la porte en leur hurlant dessus que je ne voulais plus entendre parler d'eux.

******

Après maintes recherches, je viens de trouver un logement, il n'est pas immense, mais pour reprendre ma vie en main, il est très bien. La directrice du centre m'a soutenue jusqu'au bout de mon installation. En peu de temps, je suis fière du chemin parcouru.

Demain, je commence ma formation d'assistante juridique. Je suis en alternance avec le centre de formation et le cabinet d'avocats de maître Alfonsi et associés. Dans la semaine, je vais au centre de formation les lundis et mercredis et au cabinet les mardis, jeudis et vendredis.

On est dimanche, je profite de ranger l'appartement, je prends les mesures afin de poser les rideaux. J'ai une grande baie vitrée et quand je l'ouvre, j'accède à une terrasse que je partage avec mon voisin de gauche. Je n'ai pas encore pris le temps de faire sa connaissance. Le propriétaire m'a signalé qu'actuellement, il était absent et qu'il ne savait pas quand il rentrerait chez lui. Je connais seulement son nom, il s'appelle Alex Chanfont.

En fin d'après-midi, je me rends à la petite supérette du coin qui est ouverte vingt-quatre heures sur vingt-quatre. Je fais des courses pour remplir mon frigo et j'achète des produits ménagers pour l'appartement.

L'air extérieur est encore bon, alors j'ouvre la baie vitrée et je file ranger mes courses. J'en profite pour mettre de la musique en fond sonore pour me sentir moins seule. Je vais dans la chambre afin de me mettre à mon aise.

De l'autre côté de la cloison, j'entends une voix d'homme. Je ne distingue pas ce qu'il dit, mais je perçois une belle voix rauque. Je me ressaisis en me disant que ce n'est pas bien d'écouter ce qu'il se passe chez mon voisin, alors je retourne à la cuisine me préparer un petit plat.

Ma réflexion du soir, c'est : j'espère que je ne vais pas trop entendre le voisinage et quelle pièce de l'autre appartement donne sur ma chambre. Je croise les doigts que cela ne soit pas la chambre.

Sur la terrasse, il y a une table avec quatre chaises et comme le voisin n'est pas là, je vais en profiter pour me faire une petite place et y prendre mon repas.

Je profite de ce moment de plénitude pour rêvasser et faire le bilan de ma vie. Je suis dans ma bulle et je n'entends pas la baie vitrée de mon voisin coulisser. Lorsque je m'en aperçois, je découvre devant moi un couple pratiquement en train de faire l'amour sur la terrasse. Bien entendu, ils ne m'ont pas vue. Alors gênée, je prends discrètement mon plateau-repas pour rentrer chez moi et bien évidemment, cela ne se passe pas comme prévu, car mon verre tombe et un bruit fracassant fait sursauter les deux amoureux.

— Mais ! Qui êtes-vous ? me demande l'homme furax.

— Votre nouvelle voisine.

— Vous auriez pu dire que vous étiez là.

— C'était impossible ! Vous étiez occupés à manger vos bouches. Je comptais rentrer chez moi discrètement.

— Pour la discrétion, vous repasserez.

— Vous pouvez parler. Faire l'amour sur la terrasse, ce n'est vraiment pas ce que j'appelle de la discrétion. Vous avez une chambre pour cela, il me semble.

— Bonne soirée voisine.

Il se retourne vers la blonde décolorée et lui dit :

— Allez viens ! Je vais te présenter ma chambre, on y sera mieux et on n'aura pas de voyeur, lui, dit-il en me faisant un clin d'œil.

Ils rentrent, mais ne ferment pas la baie vitrée. Je peux les entendre rire. Je ramasse les morceaux de verre, puis je rentre à mon tour et je ferme le crochet de sécurité de ma fenêtre.

Je fais ma vaisselle, puis je vais à la salle de bains me préparer pour la nuit. Je me couche et je m'endors rapidement.

Je me réveille en sursaut par le bruit que l'on fait de l'autre côté. Le lit du voisin vient taper ma tête de lit. Je peux entendre la femme hurler son plaisir en disant. *Oui, encore! Plus fort! Va plus loin! Oh! Oui, qu'est-ce que tu baises bien! Oui, encore!*

Pendant une heure, ils enchainent les coups sur ma cloison et s'ils continuent comme ça, je vais bientôt pouvoir les voir à l'action. Les nerfs à fleur de peau, je prends ma couette et mon oreiller et je vais élire domicile sur mon canapé.

Chapitre 5

Voilà quinze jours que je navigue entre le centre de formation et le cabinet. Je me suis très vite adaptée au travail que l'on me demande. Au centre de formation, j'apprends en accéléré, les termes juridiques et les lois. Il y a beaucoup à apprendre, mais le soir après mon repas, je révise ce que j'ai appris. J'ai installé mon bureau devant la baie vitrée pour avoir un maximum de lumière. J'y suis bien et le soir, j'en profite pour ouvrir et avoir de l'air extérieur.

Je n'ai plus entendu mon voisin. C'est redevenu très calme à côté.

On est samedi et j'en profite pour m'acheter une pizza. Je la commande par téléphone, puis je vais la chercher.

À mon retour, un groupe de personnes attend devant la porte. Je lance des *Excusez-moi* pour passer et je vois mon voisin en train de fouiller ses poches.

— Je ne les trouve pas ! Mince, mais où est-ce que je les ai rangées ?

— Excusez-moi, je peux passer ?

— Bonsoir, voisine, je ne trouve plus mes clés, vous pourriez m'aider ?

— À quoi faire ?

— Passez par votre appartement, j'ai laissé ma baie vitrée ouverte.

…

— Allez ! S'il vous plaît ?

— Bon d'accord ! Je ne vais pas vous laisser à la rue.

Un brouhaha s'installe, je passe devant ce petit monde et arrivée devant ma porte, je sors mes clés. J'ouvre, pose ma pizza sur la table de la cuisine et leur ouvre la baie vitrée pour qu'ils puissent passer dans l'appartement d'à côté.

Mon voisin revient me voir :

— Excusez-moi !

— Oui !

— Vous allez passer la soirée toute seule ?

Je regarde autour de moi et je lui dis :

— J'en ai bien l'impression.

— Venez avec nous, ne restez pas seule. On va faire des spaghettis à la bolognaise.

— Une pizza aux fromages en entrée, cela vous dit ?

— C'est parfait. On y va ?

— C'est parti.

Je le suis et il commence à faire les présentations de son groupe et se présente à son tour :

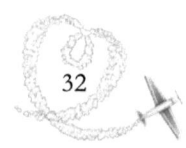

— Et moi, c'est Alex.

— Oui, je sais, le propriétaire me l'a dit quand je me suis installée.

— Et vous ?

— Lizzy …

— Lizzy est venue avec l'entrée.

— Cool !

Disent-ils tous en même temps, ce qui fait une sacrée cacophonie.

— Vous voulez boire quelque chose, Lizzy ?

— Je veux bien un verre de rosé, s'il vous plait.

— Alex ! On peut mettre de la musique ? demande l'un des convives.

— Oui bien sûr. On va s'installer sur la terrasse, il fait bon dehors, on sera mieux. Guillaume aide-moi à sortir la table de la cuisine.

Avec la table de dehors, ils en font un prolongement. Comme il manque deux chaises, je vais les chercher dans mon appartement. Les garçons installent sur les deux tables les assiettes en carton, les filles papotent dans leur coin. Elles m'intègrent très vite à leur groupe et je m'y sens très vite à mon aise.

Alex découpe la pizza et fait la distribution. Chacun me remercie de ma contribution.

— Je me sens moins seule pour la déguster. Merci pour l'invitation.

— Tu n'as personne dans ta vie ?

Je blêmis quand on me dit cela.

— Désolé, je n'aurais pas dû te poser la question.

— Non ! ce n'est rien. Je suis en instance de divorce et le sujet est délicat.

— Encore un qui est parti avec une jeunette.

Je regarde Guillaume qui vient de dire cela.

— J'aurais préféré qu'il parte avec une jeunette comme tu dis.

Dans un murmure, je poursuis :

— Il me battait.

— Oh ! Le bâtard !

— Enculé ! S'en prendre à une femme, c'est une honte.

— J'ai envie de lui faire sa fête, poursuit un autre.

Alex me regarde, soutient mon regard et me sourit. En règle générale, je ne suis pas attirée par les hommes comme Alex, ils sont trop sûrs d'eux, ce sont des charmeurs et ils attirent les femmes comme de la glu.

Les garçons vont faire les spaghettis pendant que les filles restent à table. Quand ils reviennent, ils proposent d'aller danser en boîte. Je les laisse parler, mais je sais très bien que la proposition n'est pas pour moi. Je me lève, les remercie et leur souhaite une bonne soirée.

Alex m'interpelle :

— Tu viens aussi avec nous Lizzy, la proposition est valable pour toi.

— Merci, c'est gentil de me le proposer, mais …

— Il n'y a pas de mais qui tienne, tu as passé la soirée avec nous et tu la continues.

— Je vais me changer, alors. Tu as un double des clés de ton appartement où il faut que vous repassiez par chez moi ?

— J'ai un double, je te remercie.

— Je vous attends devant la porte d'entrée. À de suite.

— À de suite, Lizzy.

Chapitre 6

Je me suis vêtue d'un jean et d'un haut noir en dentelle, une veste cintrée noire finit le tout. Aux pieds, mes chaussures avec des talons de cinq centimètres avec lesquelles je me sens à l'aise et je sais que je n'aurai pas mal aux pieds.

Je les attends depuis peu de temps devant la porte d'entrée et ils arrivent rapidement dans un bruit d'enfer. La discrétion et eux ne font pas bon ménage.

— Tu nous attends depuis longtemps, Lizzy ?

Il me tutoie, je n'ose rien dire et je me lance à mon tour.

— Non ! Je viens d'arriver.

— Tu montes dans ma voiture, puisque l'on rentre ensemble, me dit Alex.

— Je te suis. Je réponds.

Il me fait monter côté passager. Guillaume et sa copine s'installent à l'arrière. Ni une ni deux, ils commencent à s'embrasser. Le bruit est gênant et je n'ose lever la tête, je fixe mon jean, rougissante.

— Guillaume ?

— Oui ?

— Vous n'êtes pas seuls dans la voiture.

— Oups ! Pardon !

Je regarde Alex, lui adresse un timide sourire et lui envoie un *merci* silencieux. Il met le contact et la voiture file à travers la ville. Au bout d'un quart d'heure de route, nous arrivons sur un immense parc de stationnement où sont déjà garées une multitude de voitures. Les trois voitures qui nous suivaient se garent juste après le véhicule d'Alex.

J'ai remarqué lors du repas qu'à part Alex et moi, les autres étaient en couple. Alors automatiquement, il vient se mettre à mes côtés.

Tout en discutant, nous nous rendons vers l'entrée, où il y a déjà la queue. Mais Alex ne s'y arrête pas, il nous fait contourner le bâtiment pour arriver devant une porte, il aurait fallu deviner qu'elle était là. Il sort une clé et nous fait entrer. Il voit mon air surpris et me dit :

— Mon frère est le patron de la boîte et voici mon sésame quand je veux y entrer. On y va ?

— Je te suis.

Nous nous installons autour d'une table et les garçons prennent nos commandes pour aller les chercher. Les filles vont sur la piste de danse et je me retrouve seule à la table le temps que les garçons reviennent.

— Où sont les filles ? demande Alex, à leur retour.

— Sur la piste de danse, je lui réponds.

— Elles ne pouvaient pas attendre ou t'emmener avec elles ! Pff ... Les mecs, n'importe quoi vos gonzesses.

Il s'assoit à côté de moi en me donnant mon verre de mojito. Puis les slows arrivent au son de *She's like the wind de Dirty dancing*, il se lève d'un coup, prend ma main pour m'entrainer vers la piste de danse.

Un corps à corps des plus sensuels nous guide par la musique. Il capture mon regard de ses yeux magnifiques et ne les lâche plus. À chaque effleurement de ses mains, mon corps me donne une sensation de bien-être et je me retrouve collée à lui sans m'en apercevoir. Il me guide dans ses bras, sa main dans mon dos qui me caresse est en train de me rendre folle de désir. Il faut que je l'arrête. Fort heureusement, la musique se termine, mais une autre commence et il me garde dans ses bras. Il me murmure alors dans mon oreille :

— J'ai rêvé de te prendre dans mes bras, la première fois que je t'ai vue sur notre terrasse.

Je me mets à rire et lui dis :

— Ah Bon ?! Arrête ton char Alex, ce n'est pas ce qu'a dit le mur de ma chambre cette nuit-là.

— Pourquoi tu dis cela ? Quand nous sommes rentrés, elle a bu un verre et je lui ai demandé de partir.

— Excuse-moi, mais je n'ai pas rêvé, ton lit faisait un bruit d'enfer contre la cloison. D'ailleurs, j'ai dormi sur mon canapé.

— J'en connais la raison et je peux t'expliquer, pourquoi ?

Il se met à rire et me dit :

— C'était Guillaume et sa copine. Après avoir renvoyé la fille, il m'a appelé pour me demander de dormir chez moi, car il y avait une fuite d'eau chez lui. Je les ai fait dormir dans ma chambre et j'ai dormi sur le canapé.

— Il va falloir que tu fasses quelque chose, parce que je n'ai pas envie d'entendre encore une fois ta tête de lit contre le mur.

— C'est promis, je ferai le nécessaire.

— Je n'ai plus l'habitude de danser, on peut aller se rafraichir ?

— Oui ! Bien sûr, viens.

On se retourne pour aller s'assoir quand j'entends une voix hurler au bar :

— OH ! MA GROSSE CONNASSE DE FEMME, ELLE VIENT ICI POUR SE FAIRE BAISER PAR LE PREMIER VENU…

Je blêmis, je me tends comme un arc et Alex qui a tout entendu me regarde pour me pousser vers notre table.

— C'est lui ?

Me demande Alex et quand je confirme de la tête :

— Les mecs venez, on va s'amuser avec ce tocard.

Ils ne se le font pas dire deux fois. Les voilà se dirigeant vers mon futur ex-mari.

— Alors ! Comme ça, tu parles mal aux dames.

— C'est ma femme ! Je fais ce que je veux avec elle.

— Comme quoi ? Par exemple ?

— Je la sodomise et elle adore ça, parce qu'elle en redemande, encore et encore. Ah! Oui! Elle aime les coups de fouet, ça la fait jouir comme une dingue.

— Ta gueule connard!

— Oh! Non, je vais continuer! Vous croyez me faire peur, espèce de baiseurs de ma femme?

— Ta femme, on ne la baise pas, parce qu'on la respecte. Connard!

— Ce qu'elle aime aussi, c'est dormir à la cave avec les rats.

Je vois Alex appeler le videur et lui parler. Le videur attrape Max, mais celui-ci se débat.

— Arrête de bouger comme un serpent, on va attendre les flics dans une autre pièce.

Et effectivement un quart d'heure plus tard, les policiers arrivent et me demandent de déposer plainte.

Alors, à ce moment-là, je craque en larmes:

— Pourquoi? Pourquoi porterai-je plainte? La dernière fois, il s'en est tiré avec le jugement. Et regardez, il est libre comme l'air.

— Madame avec cette plainte, il va dormir en prison pendant quelque temps.

— Si vous m'en assurez, d'accord.

Après mon dépôt de plainte, Alex vient vers moi, me prend dans ses bras et me dit:

— Allez viens! Je te ramène chez toi.

— Je veux bien merci.

Je suis épuisée et je n'aspire qu'à aller dormir.

Chapitre 7

Alex repart dans deux jours. Il m'a dit quelle était son activité. Il est pilote d'avion sur moyen et long-courrier. Je comprends d'autant plus ses absences.

Max a été relâché le temps de son procès. J'ai tellement peur, que j'ai envie de rester calfeutrée dans mon appartement le temps de voir s'il va prendre une peine de prison ou pas.

Alex a demandé à ses potes de me surveiller et de s'occuper de moi en son absence. On a échangé nos numéros de portables. Ils se sont mis en tête de m'emmener au boulot ou au centre de formation et de venir me chercher pour ne plus que je prenne les transports en commun. Cela évitera que je ne rencontre Max en ville. Ils ont même mis en place un calendrier avec leurs noms par rapport à leur disponibilité. Ils me font rire, mais ils sont pleins de bonnes intentions.

Quelqu'un sonne à ma porte et comme Alex doit passer me voir, je me précipite pour ouvrir la porte tout sourire pour lui faire un bon accueil. Mais quand je vois Max, mon sourire s'efface de mon visage.

— Qu'est-ce que tu veux ?

— Je veux que tu retires ta plainte. Je ne veux pas aller en prison.

— Je ne retirerai pas ma plainte et j'espère que tu vas croupir en prison pendant un petit bout de temps et comme ça, cela te servira de leçon.

Il s'avance vers moi en colère, claque la porte et sort un couteau de sa poche.

— Tu vas faire ce que je te dis ou bien je te tue.

— Tu n'as qu'à me tuer, je ne retirerai pas ma plainte, comme ça, tu iras en prison et tu y resteras à perpétuité.

— Oh! Non! ça ne va pas se passer comme cela, grosse conne.

Il vient vers moi, me menaçant avec son couteau. Il me coince contre le mur. Je deviens sa prisonnière. Je ne peux plus faire aucun mouvement.

— Je vais te fracasser pour ce que tu as fait, pour ce que tu as dit à mes parents, et après, avec mon couteau, je vais te faire souffrir à petit feu. Mais d'abord, je vais te mettre du scotch sur ta putain de bouche pour que personne ne t'entende hurler comme un porc que l'on est en train de saigner.

Il sort de la poche de son blouson un rouleau de scotch et sans ménagement, il s'amuse à en faire le tour de ma tête collant en même temps mes cheveux. Fier de lui, il me dit:

— Avec tes cheveux qui se collent, tu ne pourras jamais l'enlever, de toute façon, tu vas mourir avec ton scotch sur la bouche.

Il remet la main dans sa poche et en sort une cordelette. Il me retourne violemment face au mur, m'attrape les mains et me les place derrière le dos pour les attacher.

Les larmes roulent sur mes joues. Il a ce pouvoir qui me tenaille l'estomac. Pourquoi veut-il encore me faire du mal ? Ne m'a-t-il pas causé suffisamment de souffrance ?

— Tu es toujours ma femme, espèce de salope, donc, tu vas me servir de vide couille. Tu viens par là.

Il me tire brutalement, me fait pencher en avant et appuie ma tête sur une chaise. Il m'enlève le pantalon, mon string et commence à frapper mon cul d'une telle violence que j'en hurlerais si je n'avais pas le scotch sur ma bouche. Mes gémissements de douleur le motivent à continuer, de plus en plus fort. Il vient me murmurer à l'oreille pendant que je continue à pleurer :

— J'avais de grands projets pour nous deux et il a fallu que tu gâches tout en partant, en demandant le divorce, en parlant mal à mes parents. Tu es vraiment une grosse merde. Alors ! Cette plainte tu la retires ou pas ?

Je lui dis non de la tête.

— Ah Bon ?! Tu veux me tenir tête. Très bien ! Tu vas en subir les conséquences.

J'entends le zip de sa braguette, puis il vient poser ses mains sur mes hanches, je sais déjà ce qu'il va faire et mes larmes redoublent d'intensité. De sa main, il vient caresser mon clitoris. Je rentre automatiquement dans ma bulle pour ne ressentir aucun plaisir, mais il fait en sorte que ses caresses soient tendres, pour éveiller ce bouton de chair qui se gorge de sang instinctivement. Le traître !

— Oh ! La salope ! Elle mouille ! J'arrive ma chérie.

Son gland vient se frotter à ma fente puis d'un coup, tout s'enchaine. Un bruit fracassant vient démolir la porte d'entrée, des policiers entrent dans mon appartement suivi de près d'Alex.

Je suis tellement gênée de me trouver dans cette position que je n'ose le regarder.

Les policiers menottent très vite Max et l'emmènent avec eux.

Des secouristes s'occupent de moi en m'aidant à remettre mon pantalon, une fois assise, ils me donnent un verre d'eau. Je tremble en pensant à ce qu'il allait se passer s'ils n'étaient pas intervenus. Après avoir vérifié que je n'avais pas d'autres blessures ou commotions, ils ont jugé que je n'avais pas besoin d'aller à l'hôpital et sont repartis.

Je me retrouve avec Alex. Il s'agenouille, me prend les mains et me dit :

— Tu viens dormir chez moi ce soir, tu ne restes pas ici, d'accord.

— D'accord.

— J'ai un ami qui va venir pour te remettre une porte. Va prendre quelques affaires.

— Tu peux venir avec moi, s'il te plait.

— Oui ! Bien sûr !

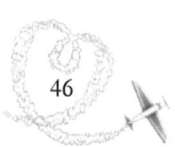

Il me suit jusqu'à ma chambre, comme un somnambule je prends un sac et j'y mets des affaires, je ne sais pas ce que j'y mets, mais cela fait sourire Alex.

— Tu sais Lizzy, je ne pense pas que tu aies besoin d'un maillot de bain. Laisse, je vais faire ton sac.

— Merci Alex d'être là.

En même pas cinq minutes, il a fait mon sac et m'entraine dans son appartement.

Chapitre 8

Il est d'une telle douceur, j'apprécie ce moment en toute quiétude. J'en ai vraiment besoin après les heures que je viens de passer.

Il me fait assoir sur le canapé et va me chercher un verre d'eau.

— Qu'est-ce que tu préfères un resto ou que l'on reste ici ?

Je n'arrive pas à parler, je suis encore sous le choc, alors dans un murmure :

— Ici, Alex.

Il s'accroupit en se mettant à mon niveau, prend mon visage entre ses mains.

— Ne t'inquiète pas Lizzy, ils vont l'enfermer pour un bout de temps. Tu ne risques plus rien.

— J'aimerais te croire ... regarde ... à chaque jugement ... il est relâché ... ils attendent quoi ? Qu'il me tue.

Le regard d'Alex se durcit, mais il évite de répondre à ma question.

— Qu'aimerais-tu manger ? Bon ! J'avoue ! À part des spaghettis et ouvrir un bocal de Bolognaise, je ne sais pas faire grand-chose en cuisine. Ou bien, je commande une pizza.

— Ne te casse pas la tête, une pizza.

Alex se redresse, attrape son téléphone et commande deux pizzas, une aux jambons, champignons et fromages, la seconde aux quatre fromages. Puis l'appel terminé, il ouvre une bouteille de rosé et m'en sert un verre avec deux glaçons, il fait la même chose pour lui.

Il me regarde avec une attention particulière. Ses yeux brillent d'une telle intensité, on dirait qu'il ne me parle rien qu'avec ses yeux. Son regard me dit le respect et la tendresse qu'il a pour moi. J'ai l'impression qu'il y a plus que cela, mais avec ce que je viens de subir, est-ce que c'est raisonnable ?

Nous parlons de choses et d'autres, puis il me raconte son enfance. Ses parents sont fiers de son parcours, de ses études jusqu'à son métier de pilote d'avion. Il me parle aussi de ses deux sœurs plus jeunes que lui et de son frère ainé qui est déjà papa d'un petit Noa de deux ans et de Lucie six mois. Il est le parrain de Lucie et il est fou de ce petit bout de femme qui le mène déjà par le bout du nez. Il en rigole puis me sort des photos des enfants. En les voyant, j'ai un pincement au cœur et des larmes roulent sur mes joues.

Alex ne comprend pas ce qu'il m'arrive, alors je lui raconte ce que j'ai subi par Max, de quelle façon, je suis tombée enceinte et le bébé que j'ai perdu.

— Je suis désolé Lizzy, je n'aurais pas dû t'en parler.
— Non ! Tu rigoles ? Tu ne pouvais pas savoir.
— Il t'en a fait voir ce salopard.
— J'ai l'impression de revivre depuis que je suis dans mon appartement. Ma formation m'aide à tenir. C'est grâce à mon avocat si je peux la faire et si tout se passe bien, je devrais être embauchée à la fin de mon stage.
— Je vais te montrer que tous les hommes ne sont pas comme ce bâtard.
— J'espère qu'ils ne sont pas tous comme lui, sinon l'espèce masculine a besoin d'être revue dans son intégralité.

Notre conversation est interrompue par la sonnette.

— Nos pizzas arrivent. Attends-moi ici, je reviens.

Il revient très vite avec nos pizzas, une agréable odeur s'y diffuse et vient chatouiller mes narines. Un gargouillis venant de mon estomac se fait entendre à ce moment, cela a le mérite de le faire rire.

Il me propose que l'on s'installe sur la terrasse.

— D'accord ! Je te suis, il fait encore un temps agréable pour en profiter.

— Je reviens, je vais à la cuisine chercher de quoi découper les pizzas.

Le temps d'un aller-retour, je prends la bouteille de vin, nos verres. Je les emporte sur la terrasse, je les dépose sur la table puis je m'installe. Il arrive avec deux assiettes en carton, serviettes en papier et une paire de ciseaux.

— Je suppose que tu n'aimes pas faire la vaisselle, je lui dis en souriant.

— Comment as-tu deviné ?

— Assiettes en carton la dernière fois et maintenant, cela ne laisse aucun doute.

— Tu veux une assiette normale ? Attends, je vais te la chercher !

— Non … Non ! Ne te dérange pas ! je plaisante !

— Tu peux plaisanter autant que tu veux avec moi, Lizzy. Tu as raison, lâche-toi.

Il commence à découper la pizza avec les ciseaux. Je rigole et me permets de continuer de le taquiner sur la façon de recevoir des invités.

Pour en rajouter un peu, il se redresse et il me tend ma part de pizza dans son assiette en carton comme un serveur :

— Madame est servie !

Je souris, cela me fait du bien de voir que je peux encore avoir l'esprit taquin avec un homme sans que cela se retourne contre moi.

— Merci jeune homme.

J'attrape ma portion ou plutôt, je me jette dessus et je la dévore. Je ne pensais pas avoir aussi faim. J'entends Alex s'esclaffer.

— Très élégant ! Je crois que tu as faim, me dit-il en riant.

Je me mets à rougir sous sa moquerie.

— Oups ! Je suis désolée.

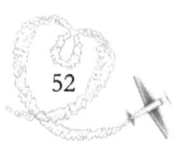

— Mais ! Non ! Ne t'inquiète pas. Tu es tellement délicieuse quand tu es dans l'embarras que ça me donne envie de t'embrasser.

Je vois qu'il fait des efforts pour ne pas m'embrasser, mais je sens que l'envie est là et se propage autour de nous. Il se lève pour aller à la cuisine et revient avec une salade verte.

— La pauvre ! J'allais l'oublier dans mon frigo. Je te sers ?

— Je veux bien, merci Alex de prendre soin de moi comme tu le fais.

— Après le repas, je te laisse la salle de bains et j'en profiterai pour te changer les draps de mon lit et je me préparerai le canapé.

— Attends ! Alex. Tu ne vas pas prendre le canapé quand même. Ça me gêne.

— Ne t'inquiète pas, j'ai l'habitude.

— Bon comme tu veux, mais je t'aide à débarrasser.

— Ça marche, je n'aime pas le faire.

— Finalement, qu'est-ce que tu aimes faire ?

— Il ne vaut mieux pas que je te réponde, tu risques d'être gênée.

Je l'aide à débarrasser, mais il garde au coin de ses lèvres un sourire coquin qui est en train de me faire craquer. J'évite de le regarder, je sens cette attirance au fond de moi qui me conduit vers lui comme un aimant.

Une fois terminé et la cuisine rangée, je prends mon sac de voyage pour me rendre dans la salle de bains. Alex m'a déposé dans un coin du lavabo des serviettes de toilettes. J'en déplie une et je me glisse sous la douche. Après m'être bien séchée, j'enfile mon pyja-short. Je me brosse les dents et je vais le rejoindre au salon.

— Tu veux toujours prendre le canapé, Alex ?

— Oui ! Prends mon lit, je viens de te mettre des draps propres.

— Merci, c'est gentil à toi. Bonne nuit Alex.

— Bonne nuit Lizzy.

Je vais dans la chambre, referme la porte derrière moi et me glisse dans les draps. Je plonge très vite dans les bras de Morphée.

J'ai le sommeil très agité, je me réveille en hurlant dans un sursaut de peur. La porte de la chambre s'ouvre sur un Alex inquiet. Il s'approche de moi, me prend dans ses bras et me rassure comme il peut.

— Chut ! Calme-toi ! Je suis là.

— Reste avec moi ! Ne me laisse pas ! lui fais-je dans un sanglot.

— Fais-moi une petite place et je reste avec toi.

Il me prend dans ses bras, il m'apaise, me berce jusqu'à ce que je me rendorme profondément.

Chapitre 9

Mon réveil est plus qu'agréable. Je me sens bien dans ses bras. Il dort encore, j'ai tout le loisir de le regarder dormir. Un léger souffle sort de sa bouche. J'essaie de sortir de ses bras, mais il me resserre contre son torse et je ne peux plus bouger, pourtant il va falloir que je me lève pour me préparer. Du boulot m'attend ce matin et j'ai fort à parier que j'ai pas mal à faire.

— Alex! Je lui murmure à l'oreille.

— Mmm…

— Il faut que je me lève.

— Mais! On est bien là! Non?

— Il faut que j'aille au boulot.

— Dommage, j'étais bien comme ça, avec toi dans mes bras. Tu veux que je te fasse le petit déjeuner?

— Je veux bien, j'emprunte ta douche. Et, Alex!

— Oui?

— Merci, pour tout ce que tu as fait pour moi.

Il attend que je file à la douche pour se lever. Je l'entends marmonner et soupirer. Je ne sais pas ce qu'il est en train de se dire, mais il va très vite aux toilettes. Quand je sors de la salle de bains en passant devant les toilettes, je l'entends haleter puis pousser un petit cri retenu. Inquiète, je me rapproche de la porte et questionne Alex :

— Alex, tu vas bien ?

— Oui ! Ne t'inquiète pas ! J'arrive.

Je vais l'attendre à la cuisine. Je m'installe et je l'entends s'enfermer dans la salle de bains. Il est vraiment bizarre depuis qu'il s'est levé. Quand il revient, Alex a pris le temps de s'habiller, mais il est rouge comme une pivoine. On dirait qu'il vient de faire le marathon de New York.

— Ça va ? Je lui demande inquiète.

— Ça va aller, me dit-il en me rassurant.

Je vois bien qu'il a quelque chose qui le chiffonne, mais je n'insiste pas. Il prépare silencieusement le petit déjeuner. Quand j'ai tout devant moi, il se sert son café et va boire le sien sur la terrasse en me laissant seule à la cuisine. Des larmes menacent de couler sur mes joues. Pourquoi, a-t-il cette attitude envers moi ? Je prends mon courage à deux mains et je vais le rejoindre sur la terrasse.

— Alex, je t'ai dit ou fait quelque chose, qu'il ne fallait pas ?

— Non ! Lizzy ! Rien.

— Alors ! Pourquoi as-tu ce comportement avec moi, pourquoi es-tu si distant d'un coup ?

— Tu veux vraiment que je te dise pourquoi ? Je ne crois pas que tu vas aimer la réponse, Lizzy.

— Laisse-moi, en juger. Dis-moi ?

— Depuis que je me suis réveillé, j'ai le désir fou de te faire l'amour. J'avais une érection de tous les diables, alors je suis allé me soulager aux toilettes. Comme je te respecte trop, j'ai voulu te laisser tranquille.

— Je suis désolée, Alex. Vraiment !

— Je ne vais pas pouvoir garder mes distances avec toi, trop longtemps, Lizzy. Ce n'est pas contre toi, mais heureusement que mon vol est pour aujourd'hui. Il faut absolument que je m'éloigne pour faire taire ce désir que j'ai de toi.

Je blêmis en l'entendant me parler comme ça. Je ne sais plus où j'en suis entre la violence de Max et la douceur d'Alex. Il est certain que le choix est vite fait. Mais pour moi, c'est trop tôt. Avoir une relation plus tard et surtout avec Alex oui. Mais pas maintenant, avec mon passé encore très présent, il en est hors de question.

— Écoute Alex, à ton retour, on va éviter de se voir. Je crois que c'est préférable. Essaie de rencontrer d'autres femmes. Avec moi, ce n'est pas possible.

Il devient blanc comme un linge quand il entend ce que je viens de lui dire. Il baisse la tête et j'en profite pour partir comme une voleuse.

******

La journée est passée au ralenti. Je ne sais pas comment j'ai trouvé la force de travailler. La conversation avec Alex me revient inlassablement en tête. Pourquoi lui ai-je dit d'aller voir d'autres femmes ? Je ne le pense même pas ! S'il le fait, je ne peux m'en prendre qu'à moi-même.

Quand la journée se termine enfin, Guillaume m'attend pour me ramener chez moi.

— Guillaume, Alex est parti ?

— Oui, et il n'était pas de bonne humeur. Je ne sais pas ce que vous vous êtes dit, mais il est remonté contre toi.

— Je suis tellement désolée de lui faire du mal. Mais je ne peux pas lui donner ce qu'il attend de moi. Je lui ai conseillé d'aller voir d'autres femmes.

— C'est malin, Lizzy. Franchement, c'est vraiment n'importe quoi !

— Bon ! ça va ! tu ne vas pas m'engueuler.

— Non ! Tu t'es déjà assez auto-flagellée toute seule, pas la peine que j'en rajoute.

À force de parler, je ne me suis pas rendu compte qu'il venait de se garer devant chez moi.

— À demain ?

— Demain, c'est Lionel.

— Bonne soirée, Guillaume, merci.

Chapitre 10

Cela fait quinze jours que j'ai décidé d'arrêter le covoiturage avec les amis d'Alex et de reprendre les transports en commun. Il est absent depuis cette période. Je le sais, car le concierge s'occupe de prendre son courrier et d'arroser ses plantes.

Ma formation se passe très bien et comme elle est en accéléré, je vais bientôt passer mes examens, pour l'obtention de mon diplôme. Je révise tous les soirs pour être prête.

On est samedi soir, ma baie vitrée est ouverte et mon voilage s'amuse à sortir avec le petit air qu'il y a dehors. Je ne ferme pas puisqu'il n'y a personne à côté.

J'en profite pour mettre, un fond sonore et *James Arthur* avec *Say you won't let go* m'accompagne dans mes révisions. J'ai un avantage certain, c'est de ne pas être déconcentrée par la musique. Mais un brouhaha venant de la cage d'escalier se fait entendre, puis au bout d'un moment, une porte claque et la cacophonie arrive très vite sur la terrasse.

Ils parlent tellement fort et mettent la musique d'un volume sonore tellement élevé que je peux dire adieu à ma concentration.

Je sors sur la terrasse pour leur demander de baisser le volume, je reconnais tous les amis d'Alex, mais il y a de la gêne dans leurs yeux. Et je comprends très vite pourquoi. Alex a une blondasse sur ses genoux, ses bras sont autour de son cou et lui a sa main sur ses cuisses.

— Alex, tu pourrais baisser le son s'il te plait ?

— Et quoi encore ?

— Je suis en pleine révision et je passe mes examens bientôt. J'ai besoin de concentration.

— Qu'est-ce que tu veux que cela me foute ?

Je sens que mon visage change de couleur et des larmes arrivent. Je ne veux pas qu'il les voie. Je retourne dans mon appartement, déçue de son attitude, je ferme violemment la baie vitrée et appuie sur le bouton pour descendre le volet roulant. Maintenant que je l'ai vu avec une fille sur les genoux, je sais que je vais entendre sa tête de lit taper contre la cloison. Alors pour ne pas subir tout cela, je prends mon téléphone et compose le numéro de mes parents :

— Bonsoir, maman.

— Bonsoir, ma chérie, comment vas-tu ?

— Ça va ! Est-ce que vous êtes là ce week-end ?

— Oui ! On ne bouge pas.

— Je viens vous voir. Je prends un taxi et j'arrive.

— On t'attend pour manger ma chérie.

— Merci maman.

Je raccroche et j'appelle un taxi. Je prends la direction de ma chambre, sors mon sac de voyage et j'y engouffre au hasard quelques affaires, dans ma précipitation, il ne faut pas que j'oublie mes livres.

Un coup de klaxon m'avertit que mon taxi vient d'arriver. Je mets ma veste, prends mon sac de voyage et mon sac à main. J'attrape au vol mes clés, j'ouvre ma porte et la verrouille.

À ce moment-là, évidemment rien ne se passe comme prévu. Ils sortent tous en même temps de l'appartement d'Alex. Guillaume s'arrête pour prendre de mes nouvelles.

— Bonsoir, Lizzy, comment vas-tu ?

— Ça va merci. Je me dépêche, on m'attend. Au revoir Guillaume.

— Bonne soirée.

Je passe devant tout le monde, tant pis pour la politesse, je repasserai. Je n'ai pas envie que mon taxi s'en aille sans moi.

Ils descendent en même temps que moi et je fais en sorte de ne regarder personne. Ouf ! Le taxi est bien là à m'attendre, je m'installe et lui donne l'adresse de notre destination.

Pourquoi, Alex crée-t-il cette distance entre nous ? Si c'est parce que je l'ai repoussé, il faut qu'il comprenne que ma vie n'a pas été tendre avec Max et que j'ai un réel besoin de me reconstruire avant de passer à autre chose. Je suis dans mes réflexions quand le taxi se gare devant la maison de mes parents. Je le paie, je prends mes affaires et me dirige vers la porte d'entrée qui s'ouvre très vite sur ma mère.

Elle me prend dans ses bras pour m'embrasser. C'est vrai qu'avec l'histoire de Max, je les ai très peu vus.

— Ma chérie, ça me fait plaisir de te voir. Rentre ! Ne reste pas dehors.

— Bonsoir, maman. Je porte mon sac dans ma chambre et je vous rejoins.

Je monte à l'étage, dépose mon sac, puis je vais faire un tour à la salle de bains pour me rafraichir avant de les rejoindre.

Je vois dans les yeux de mon père toutes les questions qu'il aimerait me poser, mais qu'il n'ose faire. Il faut dire qu'avec le regard que lui a lancé ma mère, je pense qu'il ne préfère pas intervenir.

Je m'aperçois que la table est mise pour sept personnes.

— Tu attends du monde, maman ?

— Oui ! Ton frère et Sylvie, mais aussi les parents de Sylvie. Ton frère a une nouvelle à nous apprendre.

— J'arrive comme le cheveu sur la soupe. Tu aurais dû me le dire, je ne serais pas venue.

— Mais ! Non ! Ma chérie. Installe-toi dans le salon, ils ne vont pas tarder à arriver.

Je m'assois sur le canapé et mon père me propose un apéritif.

— Martini, ma fille ?

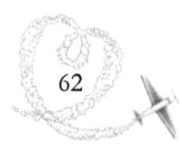

— Avec deux glaçons, s'il te plait.

Mon père prépare mon verre, puis me le tend. La sonnette se fait entendre et ma mère va ouvrir. Un silence gêné, un froid emplissent le salon quand mon frère et sa femme rentrent et m'aperçoivent.

Il faut dire que la dernière fois que l'on s'est vus, cela c'était très mal passé. Max et mon frère Stéphane en sont arrivés aux poings, quand ce dernier a commencé à me défendre face à l'attitude agressive de mon mari envers moi. Et bien sûr, afin d'éviter qu'il n'y ait de représailles sur ma personne après son départ, j'avais demandé à Stéphane de laisser tomber et il l'avait très mal pris. Depuis ce jour, une certaine animosité s'était installée entre les deux couples et mes parents ne nous invitaient plus en même temps à la demande de mon frère.

— Où se cache l'autre dégénéré ?

— Stéphane, s'il te plait, intervient ma mère.

— Ben ! Quoi ? S'il est là, nous repartons.

Je le regarde d'une profonde tristesse et lui dis :

— Il n'est pas là, tu peux te rassoir, mais si cela vous gêne que je sois là, je m'en vais.

— Non ! Ma chérie ! Reste ! ça fait tellement longtemps que je n'ai pas eu mes enfants autour d'une même table, et puis, tu es là pour le week-end.

— Oh ! Il te laisse sortir aussi longtemps ! dit Stéphane d'un air sarcastique.

Bien entendu, il ne sait pas ce qu'il m'est arrivé, je ne sais pas comment leur dire, alors je murmure :

— Je suis en instance de divorce, Max me battait.

— NON !

On dirait un animal blessé qui vient de hurler, mais c'est seulement mon père qui vient de l'apprendre.

— Ma petite fille, non ! Pas toi ! Pourquoi tu ne nous as rien dit ?

Je les vois tous les quatre, le visage figé d'effroi. Mon père est blanc comme un linge, ma mère s'assoit sur le canapé les joues striées de larmes, ma belle-sœur se pose à côté d'elle pour la tenir dans ses bras et dans le regard de mon frère se reflètent colère et culpabilité.

Je me mets à pleurer, ne pouvant plus me contenir. Je me sens soulagée qu'ils sachent ce que j'ai enduré pendant les deux années qui viennent de s'écouler. Comment raconter toutes ces horreurs subies par mon soi-disant mari ?

— Je suis désolée.

Je me lève et me précipite dans ma chambre.

Chapitre 11

Je referme la porte de ma chambre et m'allonge en pleurs sur mon lit d'adolescente. Il est loin le temps où je venais m'y réfugier quand je me bagarrais avec mon frère. Un coup se fait entendre à la porte pour m'avertir qu'une personne souhaite rentrer et Stéphane fait son apparition sans attendre mon autorisation. Sans un mot, il me prend dans ses bras pour me consoler. Il fait comme avant, quand nous étions plus jeunes, avant que toute cette merde me tombe dessus. Il caresse mes cheveux et me dit des mots qui me rassurent.

— Lizzy, pourquoi tu n'as rien dit ? Pourquoi tu as subi sans rien dire ?

— J'avais peur, Stéphane. J'ai toujours peur.

— Tu as bien fait de partir.

— Je me suis retrouvée à l'hôpital, c'est pour ça que je suis partie. J'ai été aidée par une association de femmes battues. Grâce à l'association, j'ai pu suivre une formation et avoir un appartement.

— On est une famille, Lizzy. On doit se soutenir, d'accord. Promets-moi que tu m'appelleras en cas de besoin. Allez ! Viens ! Essuie-moi tes larmes et tu descends avec moi.

— Merci, grand frère.

— De rien petite sœur.

Mon téléphone portable se met à sonner et quand je vois qui m'appelle, je reste surprise, mais je réponds.

— Allô !

— Lizzy, c'est Alex.

— Oui ! Je sais. Qu'est-ce que tu veux ?

— C'est Max, il vient de faire un boucan d'enfer dans la rue, en n'arrêtant pas de t'appeler. Quand il a compris que tu n'étais pas là, il a dit à haute voix, *je sais où elle est, elle est chez ses parents. Si elle pense qu'elle va m'échapper cette garce, elle peut se mettre un doigt dans le cul.*

— Et merde ! J'y suis Alex, je suis chez mes parents. Il est parti, il y a combien de temps ?

Il n'a pas le temps de me répondre, que j'entends Max hurler dans la rue. Je me mets à trembler, en essayant tout de même de me ressaisir.

— Alex, appelle les flics, s'il te plait. Il est dehors.

— Lizzy ! Ne lui ouvre pas, j'arrive.

— Je t'attends.

Je raccroche et je fais signe à mon frère de descendre très vite. Il ne faut pas qu'un de mes parents ouvre la porte d'entrée.

Avec Stéphane, nous arrivons trop tard, mon père a ouvert la porte d'entrée pour voir ce qu'il se passe dehors. Max pousse mon père avec rage, celui-ci bascule et tombe à terre.

— Te voilà ! Espèce de garce. Tu vas me le payer.

— Laisse-la tranquille, dit Stéphane en me protégeant par son corps.

— Je vais la tuer ! Comme ça, je n'irai pas en prison pour rien.

Mon père s'efforce de se redresser, mais une grimace de douleur le fait se rallonger.

— Stéphane, aide ton vieux à se relever et emmène-le dans le salon avec les autres. Lizzy, tu restes avec moi !

— Laisse ma sœur tranquille, Max.

— Ta gueule, occupe-toi de ton vieux.

— Viens ! Papa.

— Ta sœur, Stéphane, supplie notre père catastrophé.

Max sort une arme et un couteau, il fait signe à Stéphane de partir au salon. Il prend notre père par le bras pour le soutenir et le guide dans la pièce où attendent paniqués, ma mère, Sylvie et ses parents.

— Dans le salon ! Avance !

Il me loge son couteau sur la carotide, pour que je lui obéisse plus facilement.

Dans ma tête, une litanie commence, *pourvu qu'Alex arrive vite, Alex dépêche-toi, j'ai peur.* Un silence de mort s'est installé dans le salon, personne ne dit rien, en voyant le couteau pointé, à un endroit stratégique qui pourrait me tuer.

— Tu veux que je montre à tes parents comment je te corrige, espèce de pauvre conne.

— NON! ARRÊTE! S'IL TE PLAIT.

— Oh! Oui! Supplie-moi! J'aime ça!

— Je ferai tout ce que tu voudras, mais ne fais pas ça.

— Retire ta plainte, reviens revivre avec moi et on verra.

— NON! LIZZY NE FAIS PAS CA! dit mon frère dépité.

— La ferme, Stéphane! Sinon, je pourrais très bien m'occuper aussi de ta salope de femme. Et je pense même que cela serait amusant de voir comment elle se comporterait avec un vrai homme! Hein ma jolie? fait-il en regardant Sylvie de la tête au pied d'un air appréciateur.

Je peux lire la terreur sur tous les visages.

— Regarde Lizzy ce que j'ai récupéré dans le jardin avant de rentrer.

Il me montre une branche souple d'un arbre, qu'il a arraché dans le jardin.

— Belle-maman, tu sais à quoi ça va me servir?

…

— À corriger votre fille, parce qu'elle ne m'obéit pas.

— S'il te plait, Max. Pas devant mes parents. Je ferai tout ce que tu voudras, mais pas devant eux, je t'en prie.

— Ferme ta gueule ! De toute façon, tu feras ce que je te dis et après, on rentrera chez nous et je te promets ma chérie de te rappeler qui commande. En position ! Estime-toi heureuse que je ne t'oblige pas à te mettre à poil.

Max sort son arme et tire en l'air en les menaçant.

— S'il y en a un qui bouge, je le bute. Ne bougez pas et … admirez.

Alex dépêche-toi ! Il faut que tu interviennes très vite. Max m'attrape violemment le bras et me projette contre la chaise la plus proche.

— En position et pas de larmes, sinon je double la mise.

Humiliée devant ma famille et menacée par cette arme, je n'ai pas d'autres choix que de lui obéir. À cet instant, mon souhait le plus cher est de mourir, pour ne plus subir cette violence, sa violence, envers moi. Quand arrêtera-t-il de me persécuter ? Quand arrêtera-t-il toute cette cruauté sur ma personne ? Je n'en peux plus et je supplie secrètement la mort de venir me chercher.

Chapitre 12

Je rentre dans ma bulle pour ne pas voir la détresse de mes parents. *Alex! Est-ce que je peux réellement compter sur toi?* Je commence à douter quand les premiers coups tombent par surprise.

— Surtout pas de larmes sinon je double.

— Tu es un taré Max! dit Stéphane impuissant.

— Ta gueule! Et regarde comment on corrige une femme. Tu devrais faire pareil avec la tienne. Elle te ferait moins chier.

— Ne parle pas de ma femme comme ça.

— Regarde bien! C'est ce qu'il lui faut pour qu'elle comprenne à qui obéir.

— Arrête! Laisse ma sœur tranquille!

Stéphane se lève, à ses yeux, je vois qu'il ne supporte plus ce qu'il m'inflige. Max pointe l'arme dans sa direction et lui dit sur un ton menaçant:

— Va t'assoir ou bien je tire. Je n'hésiterai pas!

— Laisse Lizzy et je m'assoie!

— Mais tu te prends pour qui pour me dicter ce que je dois faire ? Jamais je ne la laisserai. Tu m'entends. JAMAIS ! ELLE EST À MOI ! C'est ma femme, elle est à ma disposition ! Je ne le répéterai pas, Stéphane, pose ton cul sur cette putain de chaise, sinon c'est ta sœur qui va prendre pour toi.

— Tu es vraiment une merde de lui faire subir ça.

Pour se venger des dires de Stéphane, Max me maltraite encore plus. La douleur devient insupportable et je ne sais pas comment je fais pour ne pas pleurer. Ma bulle est en train d'exploser, je suis à bout et mon désespoir grandit en même temps que la douleur qui envahit mon corps et mon âme.

Max pointe l'arme sur ma mère et lui dit :

— Belle-maman donne-moi un nombre à deux chiffres !

— Pourquoi faire ?

— Donne ! Et tu verras après.

— Vingt-cinq, murmure ma mère.

— Lizzy tu as entendu ? Vingt-cinq coups supplémentaires.

— NON ! NON ! Je ne voulais pas dire ça.

— Trop tard ! Belle-maman.

Ma mère se met à pleurer, ne pouvant supporter l'insupportable.

— Et comme belle-maman pleure, je double la mise, Lizzy !

— ÇA SUFFIT ! Hurle mon père.

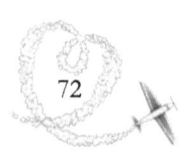

— T'inquiète, beau-papa on arrive à ton tour, mais pour l'instant, je finis avec les coups de belle-maman.

Mon père tente de se lever, mon frère l'en dissuade d'un signe de tête. Max s'en aperçoit et pointe l'arme sur mon père.

— Beau-papa, la prochaine fois que tu essaies de bouger le moindre petit doigt, tu es mort.

Ma mère se met à hurler. Elle est en train de faire une crise de nerfs et mon frère et Sylvie n'arrivent pas à la calmer. Max vient devant moi et pointe l'arme sur ma tête.

— Belle-maman regarde ! Si tu ne la fermes pas de suite, je fais un joli trou dans la petite tête de ta fille.

— NON !

Un bruit sourd arrive de la porte d'entrée, j'entends des fenêtres qui se brisent. Des hommes hurlent, mais dans ma position inconfortable, je ne vois rien. Je sens l'arme qui touche ma tête. Autant j'avais envie de mourir tout à l'heure autant maintenant j'ai peur, peur de mourir à cet instant, peur de ne pas voir mes parents vieillir. Mon ventre me tenaille, je sais que l'on vient nous sauver, mais avec cette arme sur ma tête, ma vie ne tient qu'à un fil. Un faux mouvement et je suis bonne pour être un ange, ou peut-être pas finalement qui sait vraiment si je ne mérite pas ce qu'il m'arrive.

J'entends enfin :

— Ferrand ! Baisse ton arme.

Un rire sadique sort de sa gorge.

— J'ai envie de lui éclater la cervelle à cette merde.

Il tire sur mes cheveux de façon que mon oreille soit juste à côté de sa bouche et continue sur sa lancée.

— En voir partout sur les murs et du sang que ses parents ne sachent plus où donner de la tête tellement il y en aura.

Le ton de sa voix me fait peur, à sa manière de faire, de se comporter, je sais qu'il en est capable.

— Lâche ton arme, je ne le répéterai pas.

— Oh ! J'ai peur, je tremble de partout, dit-il en riant.

— Ferrand ! Ne me provoque pas à ce petit jeu, tu ne seras pas gagnant.

— Mais, avant, je me serais fait plaisir car, je l'aurais tuée devant sa putain de famille.

Je sens son arme se retirer lentement de ma tête. Il empoigne plus fort mes cheveux, tire dessus comme un beau diable pour me lever et me faire avancer. Quand il est suffisamment loin du policier, il place son arme sur ma tempe.

— Préparez une voiture devant la maison et laissez-nous partir.

— Vous rêvez Ferrand ! Vous n'aurez rien du tout !

Il déplace son arme sur ma jambe, regarde le policier et lui dit :

— Lizzy va décompter à partir de dix, si à la fin de ce décompte, je n'ai pas cette voiture, je lui tire une balle dans le genou. Et ainsi de suite, on continuera jusqu'à ce que j'obtienne satisfaction. Maintenant Lizzy, compte !

Je commence mon décompte devant le policier qui appelle ses hommes. Ils discutent entre eux, mais je n'entends pas ce qu'ils disent, trop concentrée sur la tâche qui m'a été assignée. J'essaie de parler le plus lentement possible, mais j'arrive déjà à quatre. Max se rapproche de mon oreille et murmure pour que moi seule puisse l'entendre.

— Ne t'inquiète pas ma chérie, je vais tirer en douceur, mais tu souffriras quand même.

Il s'écarte légèrement de moi, puis dit à haute voix :

— Plus fort le décompte, Lizzy.

— Deux.

— On y arrive. Je vais t'exploser, ricane-t-il.

— Max ! NON !

— COMPTE !

— NON !

— On dira que tu es déjà arrivée à la fin du décompte alors.

Il vise mon genou devant tout le monde. On entend une grosse agitation arrivée de l'extérieur, le policier surpris et ses hommes n'ont pas le temps de réagir, l'incident a fait sursauter Max et le coup part sans que je m'y prépare psychologiquement.

Chapitre 13

Ce bruit de fond me gêne, des murmures d'hommes et de femmes me parviennent par intermittence. Je ne comprends pas ce qu'il se dit, cela me parait tellement loin.

J'ai la bouche pâteuse, cette envie de dormir qui ne me quitte pas, mais j'ai surtout cette douleur lancinante au niveau de mon genou qui ne m'abandonne pas. De temps en temps, j'ai la sensation d'une personne à côté de moi qui me parle, me murmure des mots que je ne comprends pas. Il y a aussi cette voix douce de femme, avant de me toucher, elle me dit ce qu'elle va faire. Elle est tout en délicatesse. Je me sens en confiance.

Lors de mes moments de lucidité, je me sens perdue. Je n'ai plus la notion du temps, seule une douleur sournoise reste présente. Elle me lance et par moment, j'ai l'impression que l'on me broie les os ou qu'une masse vient s'abattre sur mon genou lancinant.

De temps en temps, je perçois la voix de ma mère qui parle avec un homme. Sa diction me donne l'impression que c'est Alex, mais avec son attitude de l'autre soir, je me demande ce qu'il peut bien faire là.

Puis, les jours passant, la douleur se fait moins présente, je me sens revenir comme si mon voyage était fini et qu'il fallait revenir à la réalité.

Ma mère est à côté de moi, je reconnais son timbre de voix. Elle me serre la main que je viens de serrer en retour. Je bouge la tête et je l'entends prononcer le prénom de mon père.

— Martin regarde, elle bouge la tête. Apelle l'infirmière, VITE.

— Calme-toi, Charlotte, j'y vais.

— Ma chérie, c'est maman !

— Je t'ai reconnue, maman. Qu'est-ce qu'il se passe ? Qu'est-ce que je fais là ?

Je me pose toutes ces questions, mais je connais déjà les réponses. Je sais à cause de qui je suis là et pourquoi. Se l'avouer, c'est se rendre compte de la réalité, de ce qu'il s'est passé. La douleur à mon genou me lance comme pour me signaler un rappel. Ce monstre veut réellement ma peau. Est-ce qu'il faut que j'aille vivre dans un autre pays, pour enfin vivre normalement, vivre ma vie tout simplement ?

Mon père revient avec l'infirmière et me regarde avec tendresse. Je peux lire dans ses yeux la peur qu'il a eu, l'affection qu'il a pour moi. Il a toujours été un papa poule et je sais qu'il ne faut pas toucher à sa fille.

L'infirmière me prend la tension et me dit :

— Alors, la belle on se décide à se réveiller !

— J'ai dormi longtemps.

— On a fait en sorte que vous souffriez le moins possible.

— Combien de jours ?

— Dix jours, ma belle.

— Dix jours ? Et mes examens ? Je n'ai pas passé mes examens.

Dans une rage folle, je me mets à pleurer. *Pourquoi, il faut que ça m'arrive ?* Je voulais tellement mon examen, mon emploi, vivre enfin.

— Ton avocat est au courant ma chérie, il travaille dur en ce moment sur ton dossier. Il a parlé également de ta situation au centre de formation et rien n'est perdu pour toi.

— C'est vrai ?

— Oui ma chérie. Concentre-toi sur ta guérison et après, tu passeras ton examen.

— Tu peux nous dire qui est Alex ?

— Mon voisin.

— Rien de plus ?

L'infirmière s'aperçoit que je ne veux pas répondre et leur demande de sortir pour me faire des soins plus approfondis.

— Merci, ils sont terribles par moment, dis-je à l'infirmière qui me fait ma toilette.

Je suis gênée par ses gestes quand elle arrive à mon intimité, mais je ne dis rien, je la laisse faire.

— Bientôt vous allez avoir des séances de kinésithérapie pour votre genou. Le kiné passe la semaine prochaine pour vous expliquer ce qu'il va faire.

— Je vais rester ici encore combien de temps ?

— Je ne sais pas, vous poserez la question au médecin.

— Voilà ! vos soins sont terminés et à propos, il est pas mal Alex, dommage que je n'ai pas vingt ans de moins, je tenterais ma chance, me fait-elle avec un clin d'œil complice.

— Pourtant il ne se passe rien avec lui.

— Il a l'air pourtant de tenir fortement à vous.

— Avec ce qu'il a dit et fait, avant que j'aille chez mes parents, ça m'étonnerait.

— Qu'a-t-il fait ?

— J'étais en pleine période de révision pour mes examens. Nous sommes voisins et il avait invité quelques amis chez lui. Comme ils faisaient beaucoup de bruit, je suis allée chez lui pour lui demander de baisser le volume de la musique et je l'ai trouvé avec une blondasse sur ses genoux. Je pensais qu'il y avait peut-être quelque chose entre nous avant qu'il ne parte pour son boulot. C'est pour ça que je suis allée chez mes parents ce soir-là.

— Je reviens avec le médecin dans un moment, vos parents s'impatientent derrière la porte.

— Ils sont là depuis le début, je suppose.

— Oui, me répond-elle en souriant

Je comprends que cela n'a pas été de tout repos pour le personnel soignant. Mes parents rentrent avec Stéphane.

— Coucou la belle au bois dormant! tu te décides à revenir parmi nous.

— La belle aimerait être ailleurs qu'ici.

Il me sourit et vient m'embrasser sur le front, puis me murmure à l'oreille :

— Tu veux que je les fasse partir ?

Je fais oui de la tête, car je veux lui parler sans que les parents soient présents.

— Papa, maman, vous devriez rentrer pour vous reposer et prendre soin de vous.

— Tu restes avec Lizzy ?

— Je ne la quitte pas.

— D'accord ! On revient plus tard.

Ils s'approchent chacun à leur tour pour m'embrasser, puis se dirigent vers la porte pour partir, ma mère se retourne pour me faire un signe de la main et s'en va, poussée par mon père.

Mon frère me regarde et le voilà exclamer un *ouf* de soulagement.

— Ils t'aiment, mais ils sont terribles.

— À ce point ?

— Tu n'imagines même pas.

— Stéphane, qu'est-ce qu'il s'est passé ?

— Grâce à Alex, la police est intervenue, mais dans un faux mouvement, Max a appuyé sur la détente et cela a touché ton genou.

— Ils l'ont relâché, je suppose.

— Un juge a décidé de le garder en prison jusqu'à son procès. Tu ne risques plus rien.

— Enfin ! Pour l'instant.

— Il faut y croire, ma belle, et Alex, il est quoi pour toi ?

— Mais qu'est-ce que vous avez tous avec Alex. C'est mon voisin, point final.

— À son attitude, il ne se comporte pas comme un simple voisin, mais plutôt comme un petit ami.

— Mais, bien sûr ! Tu lui demanderas ce que faisait la blondasse sur ses genoux le soir où je suis allée chez les parents.

Stéphane n'a pas le temps de répliquer, qu'un coup à la porte se fait entendre. Mon frère dit un *entrez* suffisamment fort pour que la personne de l'autre côté l'entende et rentre.

Chapitre 14

La porte s'ouvre sur un Alex surpris de me voir réveillée.

— Approche Alex !

Lui dit mon frère. Il fixe Stéphane et n'arrive plus à articuler aucun son.

— Elle… Elle est réveillée ? Tu te sens comment Lizzy ?

— Je souffre moins.

— Stéphane, tu peux nous laisser, il faut que je parle à ta sœur.

— Je vais me prendre un café. Je reviens dans un moment, Lizzy.

— D'accord.

Stéphane sort et Alex vient s'assoir à côté de moi.

— Pourquoi es-tu là Alex ?

— Il faut que je te parle, que je m'explique sur mes agissements. Je n'ai pas été juste et correct avec toi.

— C'est le moins que l'on puisse dire.

— Lizzy laisse-moi parler, s'il te plait.

J'opine de la tête et il reprend :

— Je voulais m'excuser de t'avoir blessée comme je l'ai fait. Ce soir-là, je t'ai vue dans ton appartement en train de travailler. Tes mots me sont revenus en pleine face et je n'ai pas supporté que tu mettes autant de distance entre nous en me disant d'aller voir d'autres femmes. Alors, j'ai fait venir mes potes, Ludovic est venu avec cette blonde dont je ne connais même pas le nom, il m'a demandé de mettre de la musique et bien sûr, j'ai dit oui et te connaissant, je savais que le volume sonore te ferait réagir. En attendant qu'il revienne, j'ai pris la fille sur mes genoux et tu connais la suite.

— N'importe quoi, Alex. Tu te rends compte du mal que tu m'as fait et tu veux que je te pardonne ? Tu es aussi tordu que Max.

— Ne me compare pas à lui, s'il te plait. Tu ferais offense à ton intelligence.

— Je te remercie d'avoir appelé la police.

— Je ne voulais pas que ce dégénéré s'en prenne à toi. C'est à cause de moi que tu as pris la balle sur ton genou et je m'en veux affreusement. J'ai voulu intervenir quand j'ai vu ce qu'il était en train de faire et dans la bousculade, le coup est parti.

— Alex ! Ce n'est pas de ta faute, Max n'aurait jamais dû avoir cette arme et me menacer. Merci d'être intervenu.

— Tu ne m'en veux pas ? Alors que ... que...

Il s'effondre. Il appuie sa tête sur mon lit et il pleure à chaudes larmes. Il m'émeut, alors ma main vient caresser sa chevelure, pour l'apaiser.

Nous passons un moment silencieux, le temps d'emmagasiner et de digérer toutes les informations. Puis Alex relève la tête, un léger sourire aux lèvres.

— Bonjour, je me présente Alex Chanfont et accessoirement ton voisin. Lizzy, tu me plais, tu m'attires, quand je suis avec toi, je suis bien, laisse-moi une chance de rattraper mes conneries.

— Bonjour, Lizzy Ferrand, enfin … Bertrand, j'aimerais changer cet état de fait le plus rapidement possible et accessoirement ta voisine. Je te promets de ne plus t'envoyer voir d'autres femmes, même s'il va me falloir du temps pour me reconstruire.

— Je serai là pour t'aider.

— Merci Alex et pardon.

Il prend ma main dans la sienne, la dirige vers ses lèvres pour y déposer un doux et délicat baiser. Un coup à la porte pour s'annoncer et mon frère rentre dans la chambre. Il nous regarde et sourit :

— Alors ? Cette discussion !

— Constructive … répond Alex en me tenant toujours la main.

— Stéphane, je repars après-demain pour une dizaine de jours, tu me tiens au courant sur la suite des événements ?

— Oui ! bien sûr.

— Tu... tu... repars...

— Oui ! Le boulot m'appelle.

— Tu vas où ?

Je lui demande en lui serrant fort la main plus que ce qu'il ne faudrait et contre toute attente, il se laisse faire.

— Aux Maldives...

— Eh bien monsieur ne s'ennuie pas, dit abasourdi Stéphane en lui donnant une tape sur l'épaule.

— C'est vrai que là-bas, on est dans l'attente, mais je passe du bon temps. J'en profite pour faire de la plongée, je visite les atolls. Les Maldives sont devenues très touristiques, c'est pour ça que j'y vais souvent.

— Le rêve de tout un chacun de pouvoir y aller, dis-je les yeux en l'air et rêvassant de plages paradisiaques.

Voyager est un projet que je me suis mise en tête, lorsque Max m'enfermait dans la cave et je me suis juré qu'un jour, quand ma situation serait meilleure, je m'offrirais un billet d'avion vers une destination inconnue, mais maintenant, à cet instant je sais où j'ai envie de partir.

Je sais que je vais passer par des moments difficiles, mais quand la tempête se sera calmée, et que les vagues auront repris leur rythme de croisière, m'échapper loin d'ici ne me fera pas de mal.

Stéphane et Alex sont en train de parler entre eux et ils ne se sont pas rendus compte que j'étais rentrée dans ma bulle. Je n'entends pas ce qu'ils disent, car mon esprit est ailleurs.

Mes réflexions sont vers cet homme, mon bourreau. Je vais devoir encore l'affronter et ma peur reprend le dessus. Je n'ai qu'une envie, c'est d'être enfin divorcée de cette brute. Mais avant, il va y avoir le procès pour tous les méfaits qu'il a à son actif et je ne souhaite qu'une chose, qu'il aille en prison pour très longtemps.

Alex me parle, mais je suis encore dans ma bulle, je l'éclate pour revenir parmi eux.

— Je vais devoir partir Lizzy, mais je reste en contact avec toi par téléphone et texto, d'accord ?

— Oui, d'accord et merci d'être venu t'expliquer, Alex.

— Je me devais de le faire. Je reviens dans dix jours.

Il se penche et me donne un léger baiser sur les lèvres, puis serre la main de Stéphane et s'en va.

— Qu'un simple voisin, hein ? me fait Stéphane avec un petit sourire taquin.

Chapitre 15

Mes journées sont entrecoupées des visites de mes parents, de mon frère et quelquefois de mon avocat pour le procès et le divorce. Il va demander au juge de signifier le divorce pendant le procès.

Je viens d'avoir la visite du kiné. Il m'a expliqué les exercices que je devrais faire pour mon genou. Il souhaite que j'aille dans un centre de rééducation et il me dit qu'il y a une place de disponible pour moi demain, il m'explique que c'est pour mon bien afin de me remettre plus vite. Dans une heure, il va revenir pour m'expliquer les procédures.

Alex est parti depuis cinq jours. Il m'appelle tous les jours pour me dire ce qu'il fait, les paysages qu'il voit et il me dit qu'un jour, il m'emmènera avec lui et me fera découvrir toutes ces îles aussi magnifiques les unes que les autres.

Il est gentil, attachant, mais avant, il faut que je me libère de toute cette merde qu'a laissé Max derrière lui.

D'après mon avocat, Max est persuadé que je vais revenir vers de bonnes attentions et sentiments à son égard. Il pense que je vais abandonner mes ressentiments et revenir vers lui, il peut toujours rêver.

Un coup à la porte me sort de ma bulle pensive. Le kiné revient guilleret et souriant.

— Alors! Le centre de rééducation a une place et vous reçoit demain en début d'après-midi, et après-demain vous commencerez votre réadaptation à la marche.

— Vous pensez que cela va prendre combien de temps?

— Je ne peux vous répondre, c'est différent d'un patient à l'autre, chacun va à son rythme vers la guérison. N'oubliez pas, vous avez subi trois interventions pour retrouver un genou, je dirais quasi normal.

— Donc demain, les choses sérieuses commencent!

— J'en ai bien l'impression, vous allez voir, c'est une équipe du tonnerre qui va bien s'occuper de vous.

— Mes parents sont prévenus?

— Non! Je vous en laisse le soin.

— Merci à vous monsieur Santiago.

— Je vous en prie, j'essaierai de passer, pour voir votre progression vers la guérison. Au revoir madame Ferrand.

— Madame Bertrand ... Je préfère.

— Au revoir madame Bertrand.

Le kiné parti, je prends mon téléphone et j'envoie un texto à Alex.

— *Coucou Alex, pour te dire qu'à partir de demain après-midi, on me transfère dans un centre de rééducation. Bonne journée, bisou.*

J'appuie sur envoyer.

Je passe la journée à vérifier, je ne sais combien de fois si je n'ai rien oublié. Avec les béquilles, ce n'est pas évident donc je le fais très lentement et quand ma mère arrive, je me fais enguirlander parce qu'elle peut le faire à ma place. Comment lui faire comprendre que je sais plier et ranger dans un sac mes petites culottes toute seule ? Mais c'est maladif, c'est ma mère.

Je passe une mauvaise nuit, comme à chaque fois qu'il va se produire du changement dans ma vie. Je repense à tout ce que j'ai vécu pendant les deux horribles années qui viennent de passer. Comment a-t-il pu me faire cela, alors qu'il prétendait être amoureux de moi ? Ce n'est pas cela l'amour.

Le matin, je me réveille avec l'angoisse de l'inconnu, de ne pas savoir où je vais. Je prends mon téléphone pour voir si Alex m'a répondu, mais je n'ai aucune nouvelle de lui. Je ne m'en formalise pas, il est sûrement occupé. L'infirmière rentre pour faire les soins du matin et l'heure du petit déjeuner arrive.

Mon stress augmente au fur et à mesure que les heures s'égrènent. Mes parents arrivent et ma mère le voit. Elle vient vers moi et se comporte avec moi comme si j'étais encore une gamine. C'est à peine si je ne me fais pas gronder.

— Tsss … C'est quoi cet air ma fille ?

— Non ! Rien maman ça va !

— Je te connais Lizzy. Je sais quand tu es stressée.

— Oui, d'aller dans ce centre, je ne sais pas ce qu'il m'attend.

— Ma chérie, ils vont t'aider dans ta rééducation et avec ton père, nous sommes là.

C'est ça le pire, ils ne comprennent pas que j'ai besoin d'air, d'espace. J'ai l'impression qu'elle m'étouffe. Par moment, je me demande s'ils n'avaient pas été aussi omniprésents, si je me serais précipité dans ce mariage avec Max. Je ne vais pas leur lancer la pierre, mais je me suis posé la question pas mal de fois quand j'étais enfermée dans la cave.

14 heures arrivent à grands pas ainsi que deux mastodontes d'ambulanciers à une carrure impressionnante. Ils viennent me chercher pour m'emmener au centre. Mes parents me promettent qu'ils me suivent en voiture et me rejoignent là-bas. Quand on est dans l'ambulance je souffle à haute voix sans m'en rendre compte.

— Excusez-moi ! Mes parents m'exaspèrent, ils sont aussi collants que de la glu.

Ils se mettent à rire de ma réflexion.

— Ne vous inquiétez pas, on a l'habitude de ce genre de marque d'affection.

Mon portable sonne, je m'excuse et je réponds :

— *Allô !*

— *Lizzy ! C'est Guillaume.*

— *Bonjour, Guillaume. Comment vas-tu ?*

— *Ça va ! J'ai un renseignement à te demander.*

— Oui ! Dis-moi.

— Est-ce que tu as eu des nouvelles d'Alex ?

— Non ! Justement, il n'a pas répondu à mon texto.

— Je vais essayer d'appeler son hôtel.

— Qu'est-ce qu'il se passe Guillaume ? Tu m'angoisses là ? Tu me rappelles dès que tu l'as eu au téléphone.

— D'accord. Je vais venir te voir.

— Je ne suis plus à l'hôpital, on me transfère à l'instant au centre de rééducation.

— Je t'appelle, avant de venir te voir.

— J'essaie d'avoir des nouvelles d'Alex. Je lui dis de t'appeler ou c'est moi qui le fais. Au revoir, Lizzy.

— Au revoir, Guillaume.

Chapitre 16

Au lendemain de mon installation au centre de rééducation, je commence les exercices simples que le kiné me donne à faire pour réhabituer mon genou à la marche. Les efforts sont difficiles même si je me tiens aux barres pour me retenir et éviter de tomber. Des gouttes de transpiration viennent se loger sur mon front sous l'effort que je fais pour me mouvoir. J'éprouve beaucoup de difficultés à faire ces exercices après toutes ces semaines allongée à attendre à l'hôpital que mon genou se rétablisse.

Je me repose un peu et repense à la conversation téléphonique d'hier que j'ai eue avec Guillaume. Il ne m'a pas rappelée et je n'ai toujours pas de nouvelles d'Alex.

Il faut que je me concentre sur ma guérison, mais sans texto d'Alex, impossible de faire attention à ce que je fais, au risque d'une chute.

À la fin de mes soins, je regagne ma chambre pour me doucher et pour avoir un fond sonore, j'allume la télévision. Je sursaute quand j'entends parler des Maldives.

Le journaliste explique que tous les moyens de communications ont été coupés, l'aéroport est réquisitionné et les touristes sont bloqués dans un gymnase, pour donner suite à un coup d'état manqué. Le temps de remettre les moyens de communication, le journaliste dit qu'il faut que l'on prenne notre mal en patience si nous avons un proche là-bas pour avoir des nouvelles.

Je prends mon téléphone et je compose le numéro de Guillaume.

— *Allô !* Guillaume, c'est Lizzy.

— *Bonjour, Lizzy. Tu as vu les informations ?*

— *Oui ! C'est pour ça que je t'appelle. On sait maintenant pourquoi Alex n'a pas donné de nouvelles. Le journaliste dit qu'il faut patienter.*

— *J'ai laissé un texto à Alex. Dès que la communication sera rétablie, il nous appellera.*

— *Tu crois qu'il ne risque plus rien ?*

— *Je ne sais pas Lizzy.*

— *Je te laisse Guillaume. J'ai fini mes exercices et il faut que je prenne ma douche.*

— *Prend bien soin de toi Lizzy. À plus.*

— *À plus, Guillaume.*

Nous raccrochons.

J'écoute ce qu'annonce le journaliste, mais il ne précise rien de plus que tout à l'heure. Il donne les mêmes informations en boucle encore et encore.

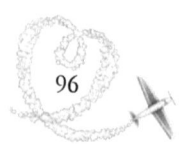

Je prépare mon linge sur le lit, je prends mes béquilles pour me diriger vers la salle de bain lentement. Je fais couler l'eau le temps de me déshabiller et de mettre la protection en plastique pour protéger mon genou. Je dépose les béquilles sur le support et je m'assois pour me laver.

Après ma douche, fraichement lavée et habillée, je pose mes fesses sur le fauteuil, prends mon téléphone et envoie un texto à Alex.

— *Coucou Alex, je viens d'apprendre ce qu'il se passe aux Maldives, dès que la communication est rétablie, envoie-moi un petit message pour me dire que tu vas bien. Bisous Lizzy.*

J'appuie sur envoie et mon message part.

La journée passe lentement sans avoir de réponse d'Alex. Mes parents sont passés plus tôt dans l'après-midi et m'ont fait part de ce qu'ils ont vu aux informations télévisées. Ils me demandent si j'ai des nouvelles d'Alex et bien sûr, je leur réponds négativement.

Ce soir, je me couche tôt, touchée par ce qu'il se passe et psychologiquement, je n'arrive pas à suivre. Je me rends compte que mon attachement pour Alex est plus important que ce que je pensais jusqu'à présent.

La fatigue aidant, je m'endors facilement. Mais mon sommeil est agité, entrecoupé des visages de Max et d'Alex qui se battent avec des armes. Max pointe son arme sur Alex et c'est mon genou qui explose sur tous les murs. Sous l'affolement, Alex essaie d'agir, mais trop tard, il ne peut plus intervenir. Je ressens un malaise qui traverse mon corps, ma respiration est de plus en plus difficile, je m'affole, je cherche de l'air, je n'arrive plus à respirer.

Au loin, j'entends une sonnerie de téléphone qui me casse les oreilles. Je me réveille en sursaut et dans une confusion totale, je comprends que c'est mon mobile qui s'arrête et le bip d'un message vocal se fait entendre.

Je tends ma main pour attraper l'appareil, je le consulte et je m'aperçois que c'est Alex qui a essayé de m'appeler.

Entre mon cauchemar et l'appel d'Alex, je me sens un peu perdue. Le temps de reprendre une respiration normale, je prends connaissance de son message.

— *Coucou Lizzy, ne t'inquiète pas, je vais bien. J'attends l'autorisation des autorités pour que je puisse faire décoller mon avion et je rentre au plus vite en France. Je t'embrasse tendrement dans le cou, Alex.*

Un sourire vient se loger au coin de mes lèvres, il m'embrasse dans mon cou en plus. Il ne perd pas de temps, mais je dois avouer que j'aime ça. Je n'aurais jamais pensé qu'un autre homme que Max puisse me faire réagir de la sorte et c'est Alex qui me donne toutes ces émotions que je n'attendais plus.

Je ne peux attendre plus longtemps et je lui réponds.

— *Bonsoir Alex, je viens de recevoir ton texto. Je suis rassurée d'avoir de tes nouvelles et je n'ose imaginer que tu m'embrasses dans le cou. Laisse-moi juste le temps et tu réussiras à m'apprivoiser. Bisous ... sur la joue, Lizzy.*

Dès que mon message est terminé, je le fais partir.

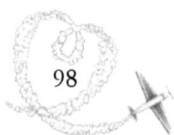

Ma deuxième partie de nuit est plus agréable. Je m'endors comme un bébé jusqu'au petit matin et le souvenir du message d'Alex qui me fait sourire.

Voilà cinq jours que la routine a repris sans aucune nouvelle d'Alex.

Je poursuis ma rééducation entre la visite de mon frère Stéphane, sa femme Sylvie et mes parents.

Stéphane et Sylvie en profitent pour m'annoncer qu'ils seront parents dans quelques mois et qu'ils aimeraient que je sois la marraine.

Bien sûr, il n'en faut pas plus pour me faire pleurer de joie, cette nouvelle tombe à point nommé pour me remonter le moral. Je les prends dans mes bras, les embrasse pour ce bonheur qu'ils m'apportent.

Chapitre 17

Aujourd'hui, étonnamment, le kiné me propose d'écourter notre séance pour faire une balade dans le jardin du centre. Mes parents ne sont pas encore arrivés, alors je profite de leur absence pour le suivre lentement toujours en compagnie de mes béquilles.

La promenade est plutôt agréable, le kiné me parle, je l'entends à peine et encore une fois, je rentre dans ma bulle, là où personne ne peut entrer. Je me concentre en même temps sur les pas que je fais avec mes béquilles afin de ne pas les mettre n'importe où et faire un faux mouvement.

Thibault, le kiné, regarde sa montre et me dit qu'il est tant que l'on regagne la salle principale. Je traine la patte à la vitesse d'un escargot et avance à grand-peine. Je le trouve bizarre aujourd'hui, on dirait qu'il est pressé de partir.

— Qu'est-ce que vous avez à regarder sans arrêt l'heure ? Un rendez-vous galant ?

— Non ! Non ! Pas du tout.

— Si vous êtes pressé, laissez-moi ici, j'irai toute seule à la salle.

— Vous êtes sous ma responsabilité, je vous accompagne jusque là-bas.

— À l'allure où je vais, demain on y est encore.

— Mais non! Chaque chose en son temps. Avant de chercher à courir, apprenez à marcher.

Nous arrivons dans la salle et je vois mes parents en train de parler. Ils ne m'ont pas encore vue aller vers eux. C'est le bruit des béquilles qui les font se retourner.

Ils ne sont pas seuls, Stéphane est là avec Sylvie. Je vois aussi Guillaume avec Ludovic et le reste de la troupe. Je remarque à peine la banderole où il est écrit:

«JOYEUX ANNIVERSAIRE … LIZZY»

Puis, la troupe s'ouvre lentement, comme un suspens et au milieu j'y découvre, Alex.

Je ressemble à une carpe qui ouvre et ferme la bouche pour essayer de récupérer le plus d'air possible pour éviter l'asphyxie.

C'est vrai, aujourd'hui c'est mon anniversaire, j'ai trente-deux ans et comme je n'ai plus l'habitude de le fêter, il m'est complétement sorti de la tête. Il faut dire qu'avec Max, il était hors de question de faire ce genre de truc inutile.

Je lis le bonheur de mes parents d'être là. Stéphane prend Sylvie dans ses bras et caresse son ventre de façon très protectrice. J'ai un sentiment de jalousie qui s'en va très vite. Peut-être qu'un jour moi aussi, j'aurai droit à ce bonheur de sentir mon enfant bouger dans mon ventre, avec un compagnon qui m'aimera et que j'aimerai en retour.

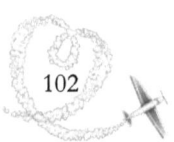

Ils viennent tous me rejoindre, car je n'arrive plus à bouger. Thibault le kiné, me sourit et me dit :

— Vous comprenez pourquoi, je regardais ma montre. Il fallait que ce petit monde arrive.

Ils se mettent autour de moi et se mettent à chanter :

— Joyeux anniversaire … Lizzy … Joyeux anniversaire … Lizzy … Joyeux anniversaire.

Ma mère me prend dans ses bras, m'embrasse comme si elle ne m'avait pas vue depuis des siècles. Je vois Alex, en retrait, sourire des embrassades exagérées de ma mère. Il faut dire que son tempérament italien n'arrange rien. Puis, vient le tour de mon père, je suis la fille à son papa et je me demande qui est pire que l'autre. Stéphane s'avance en tenant la main de Sylvie et nos embrassades frère et sœur sont presque pires. La troupe prend le relais en s'approchant pour me souhaiter *un joyeux anniversaire* à leur manière.

Alex s'avance et nos amis lui laissent enfin la place.

— Joyeux anniversaire, Lizzy.

— Merci Alex. Mais, tu es revenu quand ?

— Hier !

— Pourquoi, ne m'as-tu rien dit ?

— Je voulais te faire la surprise, j'ai eu peur de ne jamais être là.

— La surprise est réussie, merci.

— Je peux t'embrasser … sur la joue ?

— Oui, tu peux.

Il s'avance pour m'embrasser, je tends la joue, mais son geste dévie pour venir se loger sur ma bouche. Un doux et délicat baiser vient cajoler mes lèvres.

Le petit groupe se met à hurler, à sauter, à rire en nous voyant faire. Ils bougent tellement, qu'Alex me retient de justesse, ils ont failli me faire tomber.

Ma mère intervient en demandant :

— Et si tu venais souffler tes bougies ?

— Ne me dis pas que tu en as mis trente-deux ?

— Bien sûr, puisque c'est ton âge, ma chérie.

— Seigneur ! viens-moi en aide.

Alex me murmure à l'oreille.

— Je t'aide si tu veux !

— Chiche ! Parce que connaissant mon frère, il a mis la bougie perpétuelle.

Et effectivement, quand je m'approche du gâteau, je vois mon frère avoir un fou rire, alors je sais que la fameuse bougie est au milieu. Je joue le jeu et Alex m'aide autant qu'il peut.

Avec mes béquilles, je ne peux pas couper l'immense forêt noire qui se présente devant moi, ma mère se fait un réel plaisir de la découper.

Je vois sur une table en retrait, des cadeaux à profusion, cela faisait longtemps que je n'avais pas été gâtée autant qu'aujourd'hui. Mon émotion refait surface et je ne peux m'empêcher de pleurer, de joie bien entendu.

Mon frère me prend dans ses bras et me cajole comme quand nous étions enfants. Il met sa main dans mes cheveux et me caresse fraternellement la nuque comme au bon vieux temps.

— Ne pleure pas, ma poupinette.

— Ça faisait longtemps que tu ne m'appelais plus comme ça.

— Tu es et tu resteras pour toujours ma poupinette.

— Je t'aime caraco.

— Moi aussi, poupinette. Tu viens ouvrir tes cadeaux.

— Je te suis.

Je positionne mes béquilles et je le suis jusqu'à la table remplie de cadeaux. Tout le monde nous suit, souriant de découvrir ce qu'il se cache sous chaque paquet. Je demande à Stéphane de les ouvrir pour moi. Et que de belles surprises sous chaque emballage! J'ai la surprise de voir un joli sac à main offert par mon frère et Sylvie, une montre de mes parents. La troupe m'offre un week-end détente après le centre de rééducation. Alex m'offre un collier ramené des Maldives. Il me le met autour de mon cou, je le touche, je suis attendrie par son geste et l'attention qu'il me porte.

Je tends ma main, lui caresse la joue et dans un murmure je lui dis *merci*.

Chapitre 18

Mes séances au centre se passent très bien. Elles évoluent rapidement comme m'a dit Thibault. Il faut dire que cela fait maintenant un mois que j'y suis.

Alex vient me rendre visite, nous apprenons à nous connaitre. Il a compris qu'avec moi, il fallait y aller tout en douceur vu mon passé.

Je pense qu'il vient me voir pour surveiller Thibault, celui-ci est très heureux en ménage et il n'arrête pas de me parler de Mélanie. Elle est omniprésente pendant mes exercices, il faut dire qu'il va bientôt l'épouser. Il me raconte les préparatifs du mariage, la difficulté qu'il a à trouver un photographe pour immortaliser les moments heureux de cette merveilleuse journée. Le meilleur ami de Stéphane est photographe, je lui promets de lui en toucher deux mots, pour voir s'il est disponible.

Aujourd'hui, mon avocat va venir pour me donner la date du procès. En attendant son jugement ; Max a été incarcéré.

À la perspective de le revoir prochainement, je suis continuellement anxieuse, le médecin a dû me redonner un traitement contre les angoisses.

Je profite de mes moments de liberté pour préparer mes examens. Je suis très bien entourée pour m'aider à apprendre. Sylvie, étant professeur de français, m'aide dès qu'elle a des moments de libre pour mes révisions.

Un coup à la porte me sort de mes livres et la tête de maître Alfonsi apparaît.

— Bonjour, madame Ferrand.

— Bonjour, maître Alfonsi.

— Toujours dans vos révisions ?

— Oui ! Après mes séances de rééducation, je me plonge dans mes bouquins.

— Vous avez une date pour passer vos examens ?

— Non ! Pas encore.

Il s'installe sur la chaise à côté de moi, sort un dossier de sa mallette et me dit sérieusement :

— J'ai la date du procès.

Je le fixe, les choses sérieuses arrivent et je ne sais pas comment je vais gérer cela.

— Ne vous inquiétez pas ! On va travailler le dossier. De plus, avec ce qu'il a fait ces dernières semaines, il va dormir un bout de temps en prison. Au procès, vous viendrez avec vos béquilles pour bien montrer la façon dont il vous a traité et qu'il vous a touché au plus profond de vous-même.

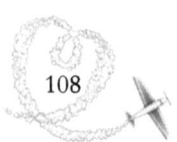

— J'en ai encore besoin de mes béquilles de toute façon, alors je ne ferai pas semblant.

— Le procès a lieu dans quinze jours.

Nous passons une bonne partie de l'après-midi à travailler sur le dossier. Au final, maître Alfonsi est satisfait de l'avancée de l'aspect juridique. Il pense que je suis prête, mais dans mon subconscient rien ne va, c'est la panique totale.

Il prend congé et mes parents arrivent. C'est un vrai chassé-croisé. Comment faire comprendre à mes parents, qui me chérissent plus qu'eux même, qu'il y a des moments où j'ai besoin d'être seule. Ils m'étouffent avec leur amour. J'ai l'impression de me comporter comme une égoïste quand je pense comme cela, et ce n'est pas juste pour eux, ils ne me montrent que leur dévouement est sans borne, que je suis tout pour eux.

— Tu as assez travaillé, ma chérie. Tu devrais faire une pause.

— Si je veux avoir mes examens, il faut que je bosse maman.

— On a vu avec la direction, cela ne leur pose pas de problème que tu sortes un peu du centre et on t'emmène manger au restaurant. Pas la peine de discuter. Tu n'as pas le choix.

Je souffle pour la forme, mais je sais très bien que je n'aurais pas le dernier mot avec cette mère qui parle autant avec ses mains qu'avec sa langue. Elle vient de me saouler en trente secondes.

— Stéphane et Sylvie nous rejoignent. On va se retrouver et passer la soirée en famille.

Mon téléphone sonne, je réponds.

— *Allô !* C'est Alex.

— *Bonjour Alex, je t'ai reconnu.*

— *Je voulais t'inviter ce soir au resto, tu es dispo ?*

— *Mes parents sont là, ils sont venus me chercher pour y aller justement.*

— *Tant pis, j'arrive trop tard, je t'inviterai une autre fois.*

Ma mère s'excite d'un coup et cherche à me prendre le téléphone.

— *Excuse-moi, deux secondes Alex.*

— *Oui ! Je patiente.*

Je mets la main sur l'écouteur, pour ne pas qu'Alex entende ce que je vais dire à ma mère.

— Qu'est-ce qu'il t'arrive ? Tu ne vois pas que je parle ?

— Dis à Alex de se joindre à nous. Nous avons réservé au *Napolitain*.

Je reprends Alex :

— *Ma mère te propose de te joindre à nous au restaurant le Napolitain. Tu sais où il se trouve ?*

— *Oui ! Je vous retrouve à quelle heure ?*

Je pose la question à ma mère.

— Maman ! Le resto, à quelle heure ?

— À 19 heures, ma chérie.

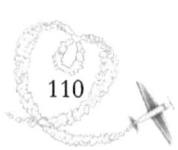

Je reprends Alex.

— À *19 heures.* À *tout à l'heure alors ?*

— À *tout à l'heure, Lizzy.*

Et je raccroche.

Le temps de prendre une douche à la vitesse d'un escargot, de me vêtir et nous sommes partis. Avec mes parents, avant l'heure ce n'est pas l'heure, après l'heure ce n'est plus l'heure. Il faut être arrivé au restaurant à 18 heures 59, pour être à 19 heures dans l'établissement, de vrais métronomes.

Stéphane, Sylvie et Alex sont déjà installés. Ma mère pousse un soupir exagéré.

— Voilà ! Nous sommes en retard.

— Mais, non ! Maman. Tu ne veux pas que je me mette à courir quand même.

— Non ! Ma chérie.

— Tu es toujours dans l'exagération. Allons-nous installer.

Nous rejoignons les autres et nous nous installons à la table. Alex me fait signe de prendre la chaise à côté de la sienne. Je me mets à rire car ma mère a eu le même geste que lui.

— Ça fait du bien de te voir rire, ma chérie, me dit mon père et me faisant un bisou sur la joue.

Mon paternel n'est pas démonstratif, mais de temps en temps, allez savoir pourquoi, il montre des gestes d'affection.

Ma mère commence à parler du procès et je palis. Je n'ai pas envie d'en entendre parler ce soir. Alors dans un signe de lassitude, mon frère lui dit de changer de sujet.

Dans l'ensemble la soirée est agréable, nous mangeons de la cuisine italienne, nous sommes dans l'ambiance avec ma mère qui parle avec ses mains. Nous finissons le repas par un délicieux tiramisu.

Je sens la fatigue qui me gagne. Je ne veux rien montrer, mais Alex s'en aperçoit et me propose de me ramener au centre. Il m'aide à me relever et me donne les béquilles. Je dis au revoir à mes parents ainsi qu'à mon frère et Sylvie et nous partons.

Le trajet en voiture se fait silencieusement, mais de temps en temps, nous nous jetons des œillades curieuses.

Arrivés devant le centre, il sort de la voiture pour m'aider à en sortir. Une fois dehors, il me prend dans ses bras, caresse ma joue et me dit :

— J'ai passé une excellente soirée en compagnie de ta famille et de la tienne bien entendu.

— Merci de m'avoir raccompagnée.

— Tu sors bientôt d'ici ?

— Maintenant, ce n'est plus qu'une question de jours.

— On pourra se faire un resto tous les deux ?

— Si tu le souhaites ! Je vais rentrer, je suis fatiguée, je n'ai plus l'habitude de rester debout aussi tard.

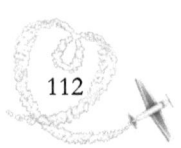

Il dépose un baiser au creux de mon cou et me laisse partir. Il attend que je sois dans le bâtiment pour partir de son côté.

Chapitre 19

Enfin, aujourd'hui, je sors du centre et je retourne dans mon appartement. Mes parents envisageaient que je retourne vivre chez eux. Je préfère retrouver mon indépendance, mon petit chez moi. Ils ont peur que je m'angoisse toute seule, car le procès est dans une semaine.

Notre groupe d'amis a décidé de m'occuper l'esprit pendant ce laps de temps. Je ne vais pas m'ennuyer avec eux, toujours à faire les pitres. Des moments de rire en perspective pendant l'absence d'Alex.

Il s'envole pour l'Australie le jour où débute le procès. Il voulait s'arranger avec un collègue pour changer son tour, mais je lui ai fait comprendre de ne pas modifier son emploi du temps pour moi. Même si au fond de moi, j'aurais préféré qu'il soit à mes côtés, mais je ne veux pas me comporter comme une personne égoïste.

Nous nous rapprochons, mais pas à sa manière, plutôt à la mienne. Après le restaurant avec mes parents, il m'a emmenée au cinéma, on a marché ensemble dans le jardin du centre et on a parlé des voyages qu'il a déjà faits, ses prochaines destinations. Il m'apprivoise au fur et à mesure sans me brusquer et j'aime cela chez lui. Mon vécu avec Max a laissé beaucoup de plaies ouvertes et cela va mettre du temps à cicatriser.

Mes parents vont arriver d'une minute à l'autre pour enfin, sortir d'ici. Je vais encore avoir des exercices à faire avec le kiné, mais le plus difficile est passé.

Un léger coup à la porte pour annoncer une personne et effectivement, mes parents sont là. Ma mère est excitée comme une puce de savoir que je sors, mais inquiète de me savoir seule. Je suis une grande fille, puis mes examens vont me prendre du temps et me demander de la concentration. Je vais rentrer dans ma bulle et oublier le monde environnant.

— Bonjour, ma chérie. Alors, prête ?

— Bonjour, maman … papa. Oui ! prête à rentrer chez moi.

— Tu es sûre que tu ne veux pas venir chez nous ?

— MAMAN … Ne commence pas s'il te plait. J'ai besoin de me retrouver dans mon appartement.

— Tu sais comment est ta mère, ma fille. On ne la refera pas, dit mon père en m'embrassant sur la joue.

Il prend ma valise. Ma mère fait l'inspection de la chambre et de la salle de bain pour voir si je n'ai rien oublié.

— C'est bon ! On peut y aller, maman.

Je suis mon père qui vient de passer la porte de la chambre, avec ma mère, il prend la direction du parking. Je me dirige vers le bureau du corps soignant pour les remercier. Un moment pour chacun d'entre eux, de se rappeler comment j'étais à mon arrivée et de voir l'évolution de mon état le jour de mon départ. Après un dernier au revoir, je rejoints mes parents à la voiture. Mon père prend mes béquilles et je m'installe à l'avant pour avoir plus de confort pour mes jambes.

Mon père roule, nous restons silencieux, alors je rentre dans ma bulle pour penser à la suite des évènements. Le procès est dans une semaine, je sais que je vais revoir Max, je connais sa façon de faire, ses attitudes, ses regards, il va essayer de me déstabiliser pour me faire peur. Je me mets à trembler rien que d'y penser. Ensuite mes examens et mes révisions. Et puis Alex …

— Lizzy ?

…

— Lizzy ? Ma chérie !

Je reviens dans le monde réel pour me rendre compte que mon père me parle.

— Oh ! Pardon ! Tu disais ?

— Nous sommes arrivés.

Je regarde par la fenêtre de la voiture et effectivement, mon père a garé son véhicule devant chez moi. Il sort de l'habitacle pour m'ouvrir la porte et me soutient de son bras pour m'extirper de la voiture. Une fois stabilisée, ma mère m'apporte les béquilles, mon père prend ma valise et nous entrons pour nous diriger vers l'ascenseur. Dans la cabine, ma mère appuie sur le second étage. Quand nous arrivons, le palier que je partage avec Alex est calme, il ne doit pas être chez lui.

Ma mère ouvre la porte avec mes clés et me laisse passer la première, je cherche l'interrupteur pour éclairer. Je reste bloquée à l'entrée. Devant moi, le salon n'est pas vide. Non! loin de là. La troupe, silencieuse il y a quelques secondes, hurle d'un coup. Stéphane et Sylvie sont présents ainsi qu'Alex.

— BIENVENUE CHEZ TOI …

Ils viennent se mettre autour de moi pour me montrer leur joie de me voir enfin.

Au bout de deux heures, les amis se décident enfin à partir. Le calme revient dans l'appartement. Heureusement qu'avec le temps qu'il fait à l'extérieur, la baie vitrée était ouverte pour que chacun puisse naviguer entre l'intérieur et la terrasse.

Il reste mes parents, Stéphane, Sylvie et Alex. Ma mère hésite à partir pour ne pas me laisser seule. Alors, Alex intervient:

— Ne vous inquiétez pas madame, je ne quitte pas votre fille des yeux.

— Vous restez avec elle, jeune homme.

— Oui! Je vais m'occuper de Lizzy.

— Parfait! Alors! Prenez bien soin de ma fille et si vous lui faites le moindre mal, vous entendrez mes hurlements dans vos oreilles pendant un moment. Compris?

— J'ai très bien compris, madame.

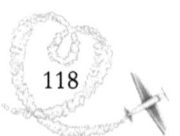

— Paulette arrête de faire peur à ce garçon. Merci, jeune homme de vous occuper de ma princesse.

Mes parents viennent me dirent au revoir suivis de très près par mon frère et Sylvie.

Je me retrouve seule avec Alex sans pouvoir rien dire. Nos regards plongent l'un dans l'autre. Il vient vers moi, toujours en me regardant. Il me prend tendrement dans ses bras, lève mon menton de sa main et fixe ses yeux dans les miens.

— Bienvenue chez toi, Lizzy.

— Merci, Alex.

Il dépose un léger baiser sur mes lèvres et recule.

— Je vais mettre ta valise dans la chambre. Tu dois être fatiguée, installe-toi sur le canapé, je reviens.

— J'ai besoin de me rafraîchir.

— Oui! Bien sûr! Qu'est-ce que tu veux manger, spaghettis ou spaghettis?

— Pizzas! Je lui réponds en riant.

— OK… Elles sont si mauvaises que ça mes spaghettis?

— Ne les fais pas goûter à ma mère, sinon tu vas avoir droit à un cours de cuisine.

— Tu crois?

— J'en suis certaine.

— Quels ingrédients la pizza?

— Jambon, champignons et avec du fromage.

— Va te rafraîchir, je passe la commande.

— Merci, Alex d'être là.

Son regard est si intense, il n'a pas besoin de s'exprimer pour dire ce qu'il ressent à ce moment précis, car je le lis dans ses yeux. Son attirance pour moi ne fait aucun doute. Il prend sur lui, pour se contenir et ne pas montrer le désir qu'il a à ce moment-là. Je ne sais pas combien de temps il va tenir, mais je me rends compte qu'il a une patience d'ange. Je n'aurais jamais pensé qu'un homme puisse avoir autant de sentiments et résister à la tentation. Ce qui me prouve, qu'il tient à moi.

Mon esprit vagabonde le temps que je me rafraîchisse, c'est la sonnette qui me sort de mes pensées. J'entends Alex remercier le livreur de pizzas et refermer la porte. L'odeur, me fait sortir de la salle de bain et m'attire vers le salon où il nous a fait de la place pour manger.

Je m'installe et pose les béquilles sur le côté du canapé. Alex revient de la cuisine avec du papier absorbant, deux verres et une bouteille de vin rosé. La pizza est déjà découpée prête à être mangée. Alex découpe du papier absorbant, prend une part de pizza, la dépose et me tend le tout pour me la donner.

— Mmm … Trop bon ! Alex.

— Ravi de l'apprendre. Tu sais que je ne vais pas pouvoir te nourrir que de pizzas ?

— Qu'est-ce que tu me proposes ?

— Spaghettis ou spaghettis. Je crois qu'avec ma mère, on va t'apprendre plein de recettes. Enfin ! Surtout ma mère.

Il se met à rire et une ambiance bon enfant se met en place. Nous voilà partis dans des délires de recettes, je dirais inacceptable, si ma mère nous entendait.

Alex débarrasse une fois la pizza engloutie. Le temps qu'il mette la cuisine au propre, j'appuie la tête sur le dossier du canapé et ferme les yeux. Le sommeil m'emportant vers d'autres songes.

******

Je me réveille dans la nuit en sursaut. Je ne suis pas seule dans mon lit. Alex est allongé, il dort. Je devine sa nudité sous le drap. J'évite de bouger pour ne pas le réveiller, ça me fait bizarre de le voir à côté de moi.

Je me rappelle m'être endormie sur le canapé et après plus rien, jusqu'à maintenant. Je cherche à savoir comment je suis vêtue. J'ai une nuisette sur le dos. Ma déduction est vite faite, Alex m'a déshabillée pour me la passer.

Dans son sommeil, il se retourne vers moi et passe son bras autour de ma taille. Je n'ose pas bouger, mon cœur s'affole, il bat très vite, ma respiration s'accélère, il m'attire de plus en plus contre son torse. Ma main vient s'y poser naturellement, sa peau sous mes doigts est douce, je le caresse m'imprégnant de cette intensité qu'il dégage, mon toucher le fait se réveiller.

Son regard m'hypnotise, on ne bouge pas, mais je sens que son cœur bat au même rythme que le mien. Il a un moment d'hésitation puis, approche ses lèvres pour les poser sur les miennes. Alex, avec toute la douceur qui le caractérise, me donne un baiser qui m'apprivoise, délicatement, sensuellement. Je me laisse aller dans ses bras et je ne veux plus qu'il s'arrête.

Sa bouche se détache de mes lèvres et vient me donner de légers baisers au creux de mon cou. Je soupire de satisfaction et me laisse guider par tant de volupté. J'ai presque la sensation que tous ses gestes sont guidés par le rythme d'une musique qu'il entend dans sa tête et il me le répercute au fur et à mesure sur mon corps. Ses lèvres sur mes mamelons qui pointent ne laissent aucun doute sur le tempo endiablé que peuple son ouïe.

Je suis dans un tel état d'excitation qu'il m'est impossible de le stopper. Je ne me souviens pas d'avoir été autant désirée par un homme. Alex m'apporte et me donne cette douceur, cette attention, ce bien être que je n'aurais jamais pensé connaître un jour.

Il glisse sa main vers mes lèvres intimes, les caresse, puis avec son pouce caresse mon clitoris déjà gonflé. Je suis au bord de l'explosion. Il introduit un, puis deux doigts, mes hanches se redressent pour avoir plus de sensations. Il me prépare avec des va-et-vient, je sens que ma jouissance n'est pas loin. Ses doigts sont magiques, ils me font ressentir des sensations merveilleuses. Il vient me murmurer à l'oreille :

— Tu es prête à aller plus loin ?

Mes yeux répondent à la place de mes lèvres. Il me donne un léger baiser sur la bouche.

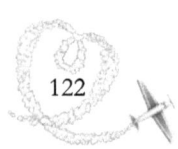

— Je vais chercher un préservatif.

Il se lève, va sur la chaise de la chambre, soulève son pantalon, tire son portefeuille et revient très vite avec un sachet transparent qu'il ouvre. Il se protège, vient s'allonger sur moi et m'embrasse tendrement. Il se positionne, il attend mon accord pour me pénétrer. Je le lui donne et lentement, je le sens entrer en moi. Mes mains viennent se poser sur ses épaules pour bien me maintenir.

— Oh ! Lizzy… Ma Lizzy c'est… Tellement bon !

J'ai l'impression de renaître à la vie, des sensations que je ne connaissais pas me font vibrer, m'envoler.

Il prend le temps de me donner ce plaisir que j'attends tant. Et maintenant que j'y suis, je découvre les gestes, la douceur de ce moment d'amour. J'en demande encore et encore, jusqu'à l'ultime jouissance qui ressemble à un ouragan emportant tout sur son passage.

Nous reprenons notre souffle. Je suis lovée au creux de son épaule gauche et de sa main droite, il repousse mes cheveux, pour me déposer de petits bisous au creux de mon cou, et lentement, je m'endors.

Chapitre 20

Je viens de passer huit jours inoubliables. Alex ne m'a pas laissée un seul instant. Malgré mes révisions, il me soutient par sa présence. Il m'aide à préparer mes examens, mais aussi par les balades que nous faisons pour ma rééducation, les cinés pour me changer les idées, les restos pour ne pas mourir de faim et ne pas avoir seulement de la pizza dans le ventre.

L'amour, les gestes du quotidien, mais le faire aussi avec la passion, l'émotion, l'adoration qui nous animent. Je n'ai jamais été aimée de la sorte par un homme. Sa délicatesse, sa douceur, l'attention qu'il a pour moi, j'ai l'impression de vivre dans une autre planète.

Nos amis n'ont pas été en reste non plus, toujours omniprésents pour les sorties.

Ce matin, nous partons pour une destination inconnue pour deux jours. Alex souhaite me faire une surprise et me faire oublier les prochains jours qui m'attendent. Et pour cela, je ne dois pas voir les affaires qu'il est en train de me préparer dans ma valise.

Il faut dire qu'il veut me changer les idées pour ne pas que je stresse à l'approche du procès, mais aussi son départ pour l'Australie.

— Prête ?

— Il me manque la destination, sinon je suis prête.

— Curieuse ! me dit-il en souriant.

Il prend mon trousseau de clés, me fait sortir et ferme derrière nous. Arrivés devant l'immeuble, un taxi nous attend. Le temps de mettre les valises dans le coffre et nous roulons.

Alex me parle pour ne pas que je voie où nous nous rendons, mais la gare se profile à l'horizon. Je le fixe dans les yeux, mais son regard coquin en dit plus que ce qu'il faut.

— Je crois savoir où tu m'emmènes !

— Ah ! bon ?

— Oui, on en a parlé, la semaine dernière.

Il se met à rire, fait semblant de réfléchir.

— Ah ! Oui ! Humm … Et où va-t-on ?

— À Deauville.

Il me sourit tendrement et je comprends que c'est là-bas qu'il nous emmène. La semaine dernière, il m'avait demandé de faire une liste des lieux immédiats où je souhaiterais aller et Deauville était en tête de liste.

— Tu comptes faire toute la liste ?

— Et plus encore …

— Merci, Alex. C'est surréaliste ce que tu fais pour moi.

Il prend ma main, ancrant son regard dans le mien.

— Lizzy, je ferai tout pour te rendre heureuse et voir le sourire sur tes lèvres. Je prendrai le temps qu'il faut pour cela. Je tiens à toi.

L'émotion est à son comble et mes larmes coulent et ne s'arrêtent plus de ruisseler. Alex m'accueille entre ses bras, me serrant contre son torse, me cajolant et en me montrant sa tendresse.

— Chutt … Je ne veux pas te voir pleurer, seulement des sourires sur ta jolie bouche.

Arrivés à la gare, nous nous rendons vers le train qui va nous conduire jusqu'à notre destination. Après être confortablement bien installés, Alex est prévenant, il me donne par ses gestes toute l'attention que je n'ai jamais eue jusqu'à présent et je dois dire que cela me fait du bien. Il est aux petits soins pour être sûr que je ne manque de rien. Il est tellement attentif que je ne vois pas le temps passer et nous voilà à Deauville.

Il m'aide à descendre du train, puis nous sortons de la gare pour prendre un taxi. Il donne une adresse et se retourne vers moi.

— Prête à passer deux jours à ne s'occuper que de nous deux ?

— Prête ! Complètement prête.

Et plus on avance, et plus il sourit. Je ne connais pas encore le programme, mais je pense que cela va me plaire.

Je reste ébahie, je ne m'attendais pas à autant de luxe. Un établissement majestueux s'élève devant moi style anglo-normand, des tourelles de chaque côté de l'hôtel, des balconnets ici et là embellissent la façade. Nous sommes devant une immense porte d'entrée, qu'un portier nous ouvre et nous entrons dans un magnifique hall. Je suis submergée par l'émotion, Alex me prend la main et nous nous dirigeons vers l'accueil. Il donne son nom et j'entends que notre réservation est prête et que nous avons la suite prestige avec terrasse et vue sur la mer. Alex récupère la clé. Un monsieur dans la tenue de l'hôtel nous accompagne et porte nos valises jusque dans la chambre.

Quand on pénètre dans notre suite, le rêve n'est pas fini. Mes yeux s'agrandissent au fur et à mesure de ce qu'ils observent autour de moi, je n'ai jamais vu cela de ma vie. Une fois l'entrée passée, nous longeons un couloir qui nous mène vers un petit salon, sur la gauche une porte derrière laquelle se cache une magnifique chambre aussi grande que mon appartement. La salle de bain est équipée d'une douche à l'italienne et d'une baignoire ou peuvent rentrer quatre personnes facilement. Deux peignoirs sont suspendus à côté de la douche et des serviettes de toilettes sont pliées sous les deux vasques sur lesquelles sont posés tous les produits de beauté.

— Si cela ne te convient pas, on peut changer de chambre.

— Tu plaisantes j'espère ?

— Comme tu ne disais rien, je pensais que cela ne te plaisait pas.

— J'adore tu veux dire, c'est magnifique. Je n'ai jamais vu autant de luxe de ma vie.

— Tu n'as encore rien vu, ma belle. On va vite prendre une douche et tu mettras ce que tu trouveras sur le lit. Ensuite, le programme cocooning commence.

— Merci, Alex. Je sais ce que tu essaies de faire.

— Chuttt … Ne dis rien. Allez vas-y, je te rejoins.

Je me dirige vers la salle de bain et je le vois dans le coin de l'œil ouvrir ma valise. Je me déshabille et rentre sous la douche. J'ai le choix parmi toute sorte de produits de beauté. Je ferme les yeux et les senteurs fruitées embaument la douche. Je ressens une présence derrière moi. Alex, je souris, je ne me retourne pas, je l'entends prendre un flacon et m'enduire les épaules, je reconnais le parfum fruité que je venais d'utiliser. Il prend son temps pour me laver. Je me laisse faire, puis quand ses doigts s'infiltrent dans mon entrejambe, j'éprouve des sensations de tendre volupté, je me laisse aller contre son torse. La caresse est plus évidente et mon excitation aussi prend de l'ampleur. Je halète, le désir qu'il me fasse l'amour sous la douche est évident. Son érection ne laisse plus aucun doute sur ses intentions. Il me retourne contre le mur, me relève, j'accroche mes jambes à ses hanches et mes bras autour de son cou. Il me pénètre sans attendre et ses coups de butoir sont si intenses que nous gémissons en même temps, on dirait que le temps s'est arrêté. Notre plaisir est si incroyable que je me donne à Alex sans me poser de questions. Je sens qu'il est prêt à se libérer, mais il n'en fait rien. Il ralentit le rythme et vient poser ses lèvres sur les miennes, notre baiser est puissant. Je sens qu'il accélère à nouveau le mouvement, il me regarde pour me faire comprendre qu'il est prêt à jouir, je hoche la tête et notre orgasme irradie nos corps.

Nous reprenons notre respiration dans les bras l'un de l'autre, l'eau coule toujours sur nos corps. Je le sens se figer contre moi, il me regarde sérieusement en me disant :

— Lizzy j'ai fait le con, j'ai oublié le préservatif. Tu prends un moyen contraceptif ?

— Non ! Aucun puisque Max voulait que je sois enceinte.

— Mince !

— Laisse-moi calculer !

Je me mets à compter dans ma tête, pour voir quand est mon ovulation. Je soupire et lui souris.

— Mon ovulation est la semaine prochaine, donc aucun risque. À notre retour, je prendrai rendez-vous chez le gynéco pour avoir un moyen contraceptif.

— Si la pilule te gêne, je mettrais des capotes.

— Ce n'est pas ça, je ne l'ai jamais prise, Max ne voulait pas.

— Il est vraiment con ce mec.

— Et si on ne parlait plus de lui, il ne va pas nous pourrir nos deux jours, déjà avec le procès …

Il sort de la douche, prend une serviette qu'il me tend, puis en récupère une autre pour lui. On se sèche et nous nous rendons dans la chambre ou un maillot de bain m'attend. Je l'enfile sous son regard empli de désir, pendant qu'il met son short de bain. Il retourne à la salle de bain et en revient avec deux peignoirs que nous enfilons.

— Que le programme commence, ma belle.

— Qu'est-ce que nous allons faire ?

— Tu verras bien, me dit-il en souriant.

Nous sortons de la chambre et prenons l'ascenseur. Il n'appuie pas pour aller au rez-de-chaussée, mais sur le bouton *thalassothérapie*. Je l'observe émerveillée, je n'ai plus de mots, dans ma liste cela venait en seconde position. Le clic de l'ascenseur nous indique que nous sommes arrivés au bon endroit.

— À tout à l'heure, ma belle.

Nous sommes attendus et très vite installés chacun de notre côté.

Pendant deux heures on a pris soin de moi et je me suis laissée aller dans ce moment de bien-être et de plénitude.

Je rejoins Alex dans la chambre, car il a fini avant moi. Il me dirige vers la chambre où une robe de soirée m'attend. La robe est bleu indigo, un boléro l'accompagne ainsi que des dessous en dentelle de la même couleur. Il a même pensé à me prendre des ballerines pour ne pas que je souffre de mon genou.

Il m'attend sur la terrasse, dans un costume décontracté sans cravate. Il se précipite vers moi quand il m'aperçoit.

— Tu es magnifique, ma belle.

— Merci pour cette jolie tenue et d'avoir pensé aux ballerines pour mon genou.

Il prend ma main et me guide jusqu'à la table joliment dressée. Alex me présente ma chaise et je m'installe, il vient se mettre en face de moi et un serveur vient remplir nos verres. Celui-ci s'absente quelques instants et revient avec une desserte sur laquelle un immense plateau de fruits de mer est installé.

Je vis la soirée comme un rêve, tout est parfait, jusqu'à la nuit d'amour qui a duré jusqu'au petit matin. Fatigués nous nous sommes endormis, ma tête contre le torse d'Alex et lui son bras autour de ma taille.

Chapitre 21

Notre escapade à Deauville a été courte, mais intense. J'ai passé des moments inoubliables avec Alex. Il s'envole dans peu de temps vers l'Australie et moi j'attends mes parents pour me rendre au tribunal. Le procès commence aujourd'hui et j'ai une peur bleue de me retrouver devant Max.

Je suis appuyée contre le montant de la porte de la chambre d'Alex, les bras croisés et mon visage est triste de le voir partir. Il est en train de finir de préparer sa valise. Il la ferme, contourne le lit, vient vers moi et me prend dans ses bras.

— Je suis de retour dans dix jours, me dit-il contre mes lèvres.

Il les embrasse comme si c'était la dernière fois. Je prends son visage en coupe et le détaille avec mes doigts pour en garder un parfait souvenir.

— À dans dix jours, mon cœur.

La sonnette de la porte se fait entendre, c'est le taxi qui l'attend pour l'emmener à l'aéroport.

— Je t'appelle, ma belle.

Je ferme la porte derrière lui. Je vais vite à la fenêtre pour le voir mettre sa valise dans le coffre du taxi, il relève la tête, me fait un signe de la main et s'engouffre dans le véhicule qui démarre. Quand la voiture arrive au bout de la rue et que je ne la vois plus, je referme la fenêtre.

Il est encore tôt, mais je sais que mes parents ne vont pas tarder à arriver. Je ferme l'appartement d'Alex et retourne dans le mien.

Il est 8 heures 30, Alex est parti depuis dix minutes. Je me fais un café, la sonnette retentit. Je suis surprise de voir Stéphane à la place de mes parents.

— Bonjour Stéphane. Les parents sont avec toi ?

— Bonjour sœurette. Je suis venu en avance pour te soutenir contre l'assaut maternel.

— C'est une bonne idée. J'aurais préféré qu'ils ne viennent pas, ils vont entendre toutes les choses que m'a faites Max. Je ne suis pas prête pour ça Stéphane.

Il me prend dans ses bras, comme il le faisait quand nous étions petits pour me rassurer.

— Je suis là, d'accord. Alex est parti ?

— Oui ! il y a un quart d'heure maintenant.

Il me sourit et me dit :

— Ça a l'air d'être un mec sympa. Il te fait sourire et c'est ce qui compte pour moi.

— Il m'a fait la surprise de m'emmener à Deauville. L'hôtel grand luxe, si tu avais vu ça, c'était à tomber par terre, une merveille. J'ai passé deux jours de rêve. Ça m'a fait du bien de m'éloigner, juste avant tout ce qui m'attend à partir d'aujourd'hui.

Je n'ai pas le loisir de poursuivre que la sonnette retentit une seconde fois. On dit en même temps avec Stéphane :

— Les parents.

Il va ouvrir la porte. La tornade, que l'on appelle maman fait son entrée théâtrale comme toujours. Nous nous regardons avec Stéphane et on ne peut s'empêcher de partir dans un fou rire. Nous sommes tellement habitués de la voir comme ça, qu'à force, on préfère la voir dans cette dynamique.

— Maman calme-toi, tu stresses Lizzy pour rien.

— Vous êtes prêt les enfants, on y va ?

— On a encore dix bonnes minutes avant de partir. Nous avons le temps de boire un café.

Je prépare les cafés pour oublier que bientôt, je vais voir Max et le connaissant, il va tout faire pour me déstabiliser avec son regard. Il est très fort pour ça. J'appréhende les heures qui vont suivre. Mon frère le voit bien, mon attitude est en train de changer, je suis en train de me renfermer dans ma bulle.

Après les cafés, ma mère lave les tasses et nous commençons à mettre nos vestes. Je me mets à trembler, l'angoisse me prend, je n'arrive plus à respirer. Mon frère s'avance vers moi inquiet, il me prend dans ses bras, pour me rassurer, mais rien n'y fait, la peur est omniprésente.

Mon frère conduit jusqu'au palais de justice, je n'ai plus l'envie de sourire même en pensant à Alex. Je viens de l'avoir au téléphone avant qu'il n'embarque, mais même le fait d'entendre sa voix n'a pas réussi à me rassurer.

J'ai l'impression de me rendre à l'échafaud et d'entendre déjà la fin : *la sentence est irrévocable*. Le verdict serait de vivre à perpétuité avec ce monstre, personne ne pourra m'aider dans ce quotidien où la douleur serait constamment présente.

Devant le palais de justice, mon frère ne me lâche pas d'un pouce. Les parents de Max, déjà présents, ne se gênent pas pour m'interpeller et me montrer leur animosité.

— C'est de ta faute si notre fils en est arrivé là. En sortant de prison, il va faire de ta vie un enfer et nous, on le fera avant lui, espèce de grosse salope.

— Laissez Lizzy tranquille. Vous êtes aussi détraqués que votre fils.

Mon avocat nous rejoint et les parents de Max se détournent pour se rendre à l'intérieur.

— Bonjour Lizzy, vous vous sentez comment ?

— Bonjour Maître Alfonsi, mal même très mal.

— Je voulais vous prévenir, il est déjà là et il surveille votre arrivée.

— Je … Je … Ne veux pas y aller.

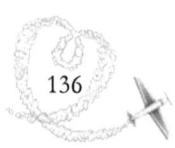

— Sœurette, je reste pas loin de toi, il ne pourra rien te faire devant le juge et les jurés.

— Allez Lizzy, il faut y aller.

— On y va.

Je le dis dans un murmure. Mon stress est si évident, je prends un comprimé pour me détendre. Je rentre dans ma bulle, mais je vois mes beaux-parents me faire des signes au loin pour me faire peur. Il m'est difficile de les ignorer complètement. Stéphane se rend compte de leur petit manège et se positionne entre eux et moi, comme ça, je ne les vois plus.

Chapitre 22

Il y a de l'agitation quand on rentre dans la salle du tribunal. Il semblerait que Max hurle et je n'arrive pas à comprendre ce qui lui arrive.

Puis je devine pourquoi. Il est tellement agité que les gardiens qui l'encadrent préfèrent lui laisser les menottes alors qu'il demande qu'on les lui retire.

J'évite au mieux de le regarder pour qu'il ne me remarque pas. Mais je le ressens très vite quand il se rend compte de ma présence. Ses yeux sont tellement perçants que je perçois tout de suite toute l'animosité qu'il a pour moi. Maître Alfonsi me fait asseoir à côté de lui et me donne les dernières recommandations.

Avant que le juge n'entre dans la salle, on se lève, puis il nous fait asseoir. Le juge regarde Max et lui dit :

— Votre avocat est en retard, monsieur Ferrand.

— Je n'ai pas d'avocat, je sais me défendre tout seul.

— Vous êtes sûr de vous ? Si vous voulez, je peux vous en faire commettre un d'office.

— Je me défends tout seul, pas besoin d'un charlatan.

— Très bien comme vous voulez. Commençons, alors.

Maître Alfonsi se penche vers moi et me murmure :

— C'est tout bon pour nous s'il souhaite se défendre tout seul.

— Vous êtes sûr ?

— Oui ! Le juge et en particulier celui-ci, n'aime pas les gens qui se croient au-dessus des lois. Je suis sûr que toutes nos demandes vont être acceptées.

— S'il peut prononcer le divorce dans la seconde, je signe tout de suite.

— Hélas Lizzy, ce n'est pas comme ça que cela se passe.

Le juge explique que le procès va durer dix jours et que chacun va pouvoir plaider. Mais dans l'immédiat, un choix de six jurés doit être fait.

Je suis ailleurs, dans les nuages avec Alex qui pilote son avion en direction de l'Australie. J'aurais aimé être avec lui, je me serais contentée de la soute à bagages s'il le fallait pour m'éviter d'être ici, à proximité du monstre qui a fait de ma vie un véritable enfer.

Le juge ajourne la séance et nous quittons très vite la salle, car Max commence à m'insulter.

— TU VAS VOIR SALOPE, JE VAIS TE BAISER. TU VAS PERDRE TON PROCÈS.

— Viens sœurette, on sort d'ici.

— JE VAIS T'AVOIR, SALLE GARCE. TU ES MA FEMME … TU FERAS CE QUE JE TE DIS.

Stéphane encercle mes épaules et m'entraine dehors. Mais les parents de Max sont là à m'attendre.

— NOUS AUSSI, ON VA TE POURRIR LA VIE POUR TOUT LE MAL QUE TU FAIS À NOTRE FILS.

— Foutez-lui la paix ! Allez, je te ramène chez toi.

Je ne comprends pas comment ses parents peuvent approuver tout le mal qu'a pu me faire leur fils. Dans quel monde ils peuvent vivre pour accepter qu'une personne en traite une autre de cette façon. Je suis effarée qu'ils autorisent leur fils à m'avilir au point de n'être qu'une chose, qu'un objet, une esclave au sein du couple que nous formions.

Mon frère m'emmène jusqu'à la voiture où mes parents nous attendent. J'ai accumulé tellement de pression et de stress que je ne retiens plus mes larmes qui coulent sur mon visage comme une fontaine.

Nous arrivons à mon appartement, mon frère ne reste pas longtemps, car Sylvie l'attend. Ma mère me casse les oreilles pour que j'aille chez eux pour quelques jours.

— Rentrez chez vous, je vais me débrouiller.

— Ma petite chérie, on ne peut pas te laisser seule.

— Je vais réviser de toute façon.

— Nous venons demain à 13 heures.

— D'accord.

La suite du procès se poursuit demain à partir de 14 heures. Maître Alfonsi viendra dans la matinée pour me faire travailler sur les questions que Max va me poser.

Mes parents se sont enfin décidés à partir. Je vais me concentrer sur ma personne en me faisant un gommage exfoliant, j'aurais pu prendre un rendez-vous chez mon esthéticienne pour le faire, mais je n'ai pas envie de voir du monde.

Je prends mon téléphone pour aller à la salle de bain. Je sais que je n'aurais pas de texto d'Alex avant plusieurs heures. Il est encore dans les airs et il m'a dit qu'il m'enverrait un message dès qu'il serait arrivé en Australie.

Je sors de mon placard les produits dont j'ai besoin et juste avant de commencer à m'enduire de produits, le bip de mon téléphone se fait entendre m'annonçant un message. Je pose le tube, je prends mon appareil et je m'aperçois que cela vient d'un numéro inconnu. Je valide pour visualiser et je lis en caractère gras.

— *On va t'avoir salope.*

Je pose mon téléphone à côté de la vasque en tremblant. Je m'assois sur le rebord de la baignoire, pour reprendre mes esprits. Je reprends mon téléphone pour faire une copie d'écran pour le conserver dans le dossier procès. Un autre bip arrive, le même genre de message apparaît.

— *Max en prison ... Tu n'as plus de vie ...*

Je refais une copie d'écran. Je me sens seule d'un coup, je suis perdue. Qu'est-ce que je dois faire ? La protection d'Alex me manque énormément à ce moment-là, je ressens son absence comme un vide.

Alex m'avait dit d'appeler Guillaume en cas de problème. Est-ce que je le dérange ou bien je laisse courir en attendant Maître Alfonsi demain matin ? Un autre bip s'annonce et cela me donne une frousse de tous les diables.

— *Tu vas connaître l'enfer ...*

Je me décide à appeler Guillaume. Je ne veux pas déranger mon frère et encore moins mes parents.

Je recherche dans mon répertoire le numéro de Guillaume, quand je le trouve, j'appuie sur la touche d'appel. Il ne met pas très longtemps à répondre.

— *Allô !* Guillaume.

— *Allô ! C'est toi Lizzy ?*

— *Oui, c'est moi.*

— *Tu vas bien ?*

— *Non ! ça ne va pas, je reçois des messages d'un numéro inconnu, pas agréables du tout.*

— *Tu as fait une capture d'écran ?*

— *Oui ...*

— *Envoie-les moi ...*

Je lui fais parvenir et sa réaction ne se fait pas attendre.

— *Oh ! Putain ... J'arrive Lizzy, n'ouvre à personne en attendant que je sois chez toi.*

— *D'accord. Merci Guillaume.*

Je m'enferme dans la salle de bain le temps qu'il arrive. Au bruit de la sonnette, je sursaute, la peur au ventre, mon téléphone fait un bip pour m'annoncer un message de Guillaume.

— *Tu m'ouvres, je suis là.*

Je sors de la salle de bain et vais lui ouvrir.

— Merci Guillaume d'être venu aussi vite.

— De rien, j'ai promis à Alex de me rendre disponible si tu as besoin de moi.

— Pour me sentir en sécurité, je voulais dormir chez Alex.

— On fait comme tu veux, Lizzy. Je reste avec toi cette nuit.

— Tu as mangé ?

— Non, pas encore.

— Poulet avec des haricots verts, ça te va ?

— Poulet oui, si tu as autre chose que des haricots verts ? me fait-il avec une grimace.

— Laisse-moi regarder, je crois que j'ai un paquet de chips.

Je fouille mon placard et trouve le fameux paquet. La date est encore bonne.

— Ne t'inquiète pas Lizzy, ça fera l'affaire.

Après le repas improvisé et la fatigue aidant, Guillaume s'endort sur le canapé et je vais m'allonger dans mon lit, en espérant que le sommeil ne tarde pas à venir.

Chapitre 23

Les dix jours du procès qui suivent sont une vraie torture. Max fait tout ce qu'il peut pour me rabaisser. Heureusement que le juge le remet à sa place la plupart du temps.

Le juge n'aime pas les agissements de Max et le lui a bien fait comprendre.

— Monsieur Ferrand venez-en au fait, s'il vous plait. Seulement les faits. Par exemple, un oubli de poussière sur une bibliothèque et vous infligez trente coups de bâtons sur le dos et les fesses de votre épouse. Si elle pleure, pendant ladite punition, elle doit dormir à la cave. J'en passe et des meilleurs, monsieur Ferrand, mais quel homme êtes-vous pour assener une telle sévérité à votre femme ?

— Elle n'a qu'à faire ce que je lui dis, c'est simple non ? Elle n'a eu que ce qu'elle méritait.

— C'est votre réponse ?

— Bien sûr !

— Je n'oublie pas le nombre de fois où vous l'avez envoyée à l'hôpital. J'ai des attestations qui le prouvent monsieur Ferrand.

— Salope !

— Surveillez votre langage monsieur Ferrand …

— Les fois où vous avez surveillé son ovulation pour la contraindre à une éventuelle grossesse, juste pour faire plaisir à vos parents. Le plaisir d'être parents, où est-il là-dedans monsieur Ferrand ?

— Il fallait bien qu'elle serve à quelque chose, au moins une fois dans sa vie.

— Je crois monsieur Ferrand que vous touchez le bout de la stupidité et encore le mot est faible. Je me demande comment madame Ferrand a pu tenir suite à un tel traitement. C'est une aberration. Maître Alfonsi, j'ai assez entendu monsieur Ferrand, il me dégoûte, je vous écoute.

— Monsieur le juge. Voici les demandes de ma cliente madame Ferrand. Tout d'abord, elle vous demande d'accorder sa demande de divorce d'avec monsieur Ferrand lors du jugement et elle souhaite reprendre son nom de jeune fille et refaire ses papiers administratifs. Et surtout, elle souhaite également que les parents de monsieur Ferrand soient poursuivis pour donner suite aux messages que vous avez pu lire pendant le procès. Les services de police ont découvert qu'ils en étaient à l'origine. Je demande une peine exemplaire de prison pour monsieur Ferrand. La vente de la maison et les bénéfices iront bien entendu à madame Ferrand, pour le préjudice vécu auprès de monsieur Ferrand. Et nous réclamons également l'euro symbolique de dommages et intérêts sur les préjudices subis pendant toutes ces années. Je pense avoir fait le tour monsieur le juge.

— Très bien, Maître Alfonsi. Je demande au jury de se retirer pour délibérer. Nous nous retrouverons lors du verdict.

Le juge se retire en prenant la porte qui se situe derrière lui.

Maître Alfonsi me demande si je souhaite aller déjeuner. Bien entendu, mes parents, qui ne sont jamais loin de moi, proposent d'aller chez l'Italien qu'ils affectionnent. Pour ne pas les décevoir, Maître Alfonsi accepte.

Max se met à hurler des menaces à mon encontre, il a les menottes aux poignets et est entouré des gardiens de la paix. Ils l'évacuent très vite vers la sortie.

Mon téléphone vibre. Quand je le regarde, c'est un message d'Alex.

— *Où es-tu ?*

— Excusez-moi Maître Alfonsi, je réponds.

— Oui ! bien entendu.

Je pianote, le temps d'écrire mon texto.

— *Je sors du tribunal. Nous allons au resto avec mes parents et Maître Alfonsi le temps de la délibération.*

— *Quel resto, ma belle ?*

— *L'Italien.*

— *Très bien…*

— *Pourquoi ?*

— *Comme ça ! Pour savoir. À plus tard, ma belle.*

— *À plus tard.*

Je range mon téléphone dans mon sac à main.

— On peut y aller, c'est bon pour moi, je leur dis.

— En route, dit ma mère.

Maître Alfonsi part devant avec sa voiture, car il doit passer à son bureau avant de nous rejoindre.

Je monte dans le véhicule de mes parents et nous nous dirigeons vers le restaurant qui se trouve à l'autre bout de la ville. La circulation est dense à cette heure-là et je sens qu'on n'est pas prêt d'être arrivé.

Je sors mon téléphone qui a atterri au fond de mon sac à main, je le prends pour relire ma conversation avec Alex. Je ne comprends pas pourquoi il me demande où je suis. Hier soir, quand je l'ai eu au téléphone il était toujours en Australie car son avion avait été décalé d'une journée. Je profite pour lui envoyer un texto.

— *Ton avion décolle à quelle heure ?* Et j'envoie.

Je n'attends pas la réponse car mon père vient de se garer. Je range mon téléphone, sors de la voiture et en me retournant, je vois Stéphane qui nous attend devant le resto.

Je traverse la rue pour le rejoindre et je l'embrasse.

— Coucou frangin, ça va ?

— Bien petite sœur, et toi ?

— Ça ira mieux dans quelques heures, quand l'autre ira croupir en prison pour longtemps.

— J'espère petite sœur, il t'a fait suffisamment de mal.

— Sylvie n'est pas avec toi ?

— Non ! Elle a des corrections en retard, il faut qu'elle les finisse. Je voulais être avec toi pour le verdict.

Les parents nous rejoignent et nous entrons dans le restaurant. La réservation nous attend comme toujours. On s'installe, je me retrouve à côté de Stéphane dos à l'entrée, mes parents face à nous. Deux assiettes supplémentaires sont mises. Je n'ai pas le temps de demander pour qui est la seconde que l'on nous apporte un apéritif. Les bavardages de ma mère m'empêchent de poser la question.

Chapitre 24

Je sens une présence derrière moi. Une main se pose sur mes yeux. Je suis attirée par cet effluve qui embaume l'air ambiant, mon nez le reconnaît facilement. Je murmure.

— Alex! Alex, c'est toi?

Je me redresse de ma chaise précipitamment et aussi trop rapidement, car j'en oublie mon genou. Je suis obligée de me rasseoir, sous la douleur lancinante qui me frappe et qui me fait crisper les poings sur la table.

— Lizzy, ma chérie ça va?

— Ça va aller, maman ne t'inquiète pas, c'est de ma faute …

Alex, me fait tourner sur ma chaise et s'agenouille devant moi pour me prendre les mains.

— Ça va ma belle?

— Oui! Mais … comment … Tu es rentré? … Quand?

— Une question à la fois, me dit-il en souriant. Tu oublies que je suis pilote?

— Non ! Arrête … Lui fais-je en levant les yeux au ciel devant sa taquinerie.

— Je suis rentré hier. Je voulais être auprès de toi pour le verdict et ton frère m'a dit de venir vous rejoindre ici.

— Je n'en reviens pas que tu sois là, lui dis-je tout en lui caressant la joue, pour être vraiment sûre de sa présence.

— Alex, prenez une chaise, lui propose ma mère.

Alex se redresse, mais avant de s'asseoir, il se penche et pose ses lèvres sur les miennes pour un tendre baiser. Sa bouche m'électrise et il le ressent. Il s'installe sur sa chaise avec un sourire coquin et me murmure :

— Cela m'avait manqué ma belle.

Maître Alfonsi arrive à ce moment-là et s'assoie sur la dernière chaise disponible.

Le serveur nous emmène les cartes, mais toute cette agitation, le choc et la surprise de voir Alex, m'ont enlevé l'envie de toute nourriture.

Je choisis une salade, Alex me regarde surpris.

— Une salade dans un restaurant Italien ?

— Pourquoi pas ?

— Pourquoi pas une pizza, ou des lasagnes ?

— Esprit de contradiction, je dis en rigolant.

— Je vois ça, ma belle.

Il passe sa main sur ma joue tendrement.

— Tu sais que dix jours sans te voir, c'est de la torture.

— C'est ton travail qui est comme ça, Alex.

— Heureusement, je ne pars pas de suite.

— Tu connais déjà ta prochaine destination ?

— Oui ! Dans quinze jours, la Thaïlande.

La commande de chacun passée, nous sursautons à chaque fois que le téléphone de Maître Alfonsi sonne. Nous attendons l'appel qui nous avertira que l'on nous attend au palais de justice pour l'énoncé du verdict.

Je ne suis pas vraiment sereine, cette attente, malgré la présence d'Alex est une torture. Mille questions se posent dans ma tête. Comme : est-ce que le juge va prononcer le divorce ou bien devrais-je attendre avant d'être délivrée de mon bourreau ? Combien d'années de prison va-t-il prendre ? Est-ce que je vais récupérer la maison et pouvoir la vendre ?

— Lizzy tu es avec nous ?

Ma mère me regarde inquiète. Elle a remarqué que je n'étais plus avec eux depuis un moment.

— J'ai hâte que la journée soit finie, mais j'ai peur de le voir sortir libre.

— Il n'y a pas de raison Lizzy, s'exprime Maître Alfonsi.

— Et s'il ressort libre ? Demande Alex.

— On fera appel.

Je touche à peine à mon assiette. C'est la première fois que chez l'Italien ma salade n'a aucune saveur.

Le téléphone de Maître Alfonsi sonne pour la énième fois. Je ne fais plus attention, mais je vois ma mère pâlir et mon père lui prendre la main.

— On nous attend. Les jurés vont prononcer leur verdict.

— J'ai peur !

— On est là, ma chérie, dit mon père.

Alex, pour me rassurer, me prend la main et la serre très fort dans la sienne.

— Tu es venu comment, Alex ? Demande Stéphane.

— En taxi.

— Vous montez avec moi ?

— Oui ! Je réponds.

Je ne veux surtout pas entendre la complainte de ma mère avec ses suppositions, car elle va me taper sur les nerfs.

— Papa, on se rejoint au Palais de Justice ?

— D'accord, fils.

Maître Alfonsi part de son côté, mes parents du leur et nous regagnons la voiture de Stéphane. Alex ne m'a pas lâchée, il me rassure par sa présence. Le temps que mon frère ouvre son véhicule, je glisse à l'oreille d'Alex.

— Merci d'être là.

— Je ne voulais pas te laisser seule, à entendre le verdict, ma belle.

— J'ai une frousse terrible de le voir sortir libre.

— Je sais que c'est quelque chose qu'hélas, il faut prévoir.

Nous montons dans la voiture de Stéphane, je monte à l'avant à cause de mon genou et Alex s'installe à l'arrière.

Il en profite pour me masser les épaules et essayer de me détendre le temps du trajet.

Il me parle pour évacuer la pression et me propose de m'aider à réviser. Mes examens sont prévus dans un mois, cela me laisse du temps pour revoir mes cours.

Mon frère se gare sur une place de stationnement pas très loin du palais de justice. En bas des marches, Maître Alfonsi et mes parents nous attendent pour pénétrer dans l'enceinte.

Quand nous entrons dans la salle, les parents de Max sont déjà là, prêts à le soutenir. Ce dernier est encadré de deux gardiens de la paix toujours avec les menottes aux poignets. Avec Maître Alfonsi, nous reprenons nos places et mes parents, Stéphane et Alex s'assoient derrière nous. Les jurés font leur entrée et s'installent à leur place. Le juge ouvre la porte, la referme et vient se mettre à l'endroit qui lui est dédié.

Il regarde les jurés et leur pose la question suivante.

— Messieurs et Mesdames les jurés, avez-vous un verdict à nous rendre ?

— Oui, Monsieur le juge, nous avons un verdict.

Chapitre 25

Le juge regarde les jurés et leur pose la question suivante.

— Messieurs et Mesdames les jurés, avez-vous un verdict à nous rendre.

— Oui, Monsieur le juge, nous avons un verdict.

Je crispe mes mains l'une dans l'autre et je baisse la tête. Le juge s'adresse à Max.

— Monsieur Ferrand, veuillez-vous lever, s'il vous plait.

Je l'entends se redresser et je ressens son puissant regard sur moi pour m'obliger à lever la tête et l'observer. Je me force à ne pas le faire, mais c'est plus fort que moi. Je le regarde et il articule pour que je le comprenne bien *je vais te tuer*.

Je me mets à trembler et mon avocat pose sa main sur mon bras, pour essayer de m'apaiser.

Le juge demande au greffier d'avoir le verdict. Celui-ci le lui remet, le juge prend le temps de lire ce qui est écrit.

— Bien! Je ne vais pas vous faire attendre plus longtemps. Pour les jurés, monsieur Ferrand vous êtes coupable…

— NON! NON! NON! se met à hurler la mère de Max.

— Madame, je n'ai pas fini, si je vous entends encore une fois, je vous fais expulser de la salle, c'est compris ?

— Oui, monsieur le juge, fait-elle dans un murmure en s'effondrant sur son mari.

— Donc, je disais monsieur Ferrand vous êtes coupable et vous écopez de quinze ans de prison sans remise de peine. Je vous envoie à la prison de la Santé, je vous assure que vos codétenus ne vont sûrement pas être tendres avec vous en sachant ce que vous avez fait à votre femme. Vous paierez quinze mille euros de dommages et intérêts à madame Ferrand. Je lui accorde le divorce à vos torts monsieur Ferrand. Madame Ferrand, vous pourrez reprendre votre nom de jeune fille. La maison sera vendue par un huissier au bénéfice de madame Ferrand. La séance est levée, messieurs les gardiens de la paix, vous pouvez emmener monsieur Ferrand pour effectuer sa peine. Maître Alfonsi venez me voir, je vous signe immédiatement les papiers du divorce, comme ça madame Ferrand pourra repartir avec.

— Attendez-moi là, Lizzy. Je vais chercher vos papiers, je reviens.

Je me retourne vers Alex, il me sourit tendrement.

— Tu es enfin libre de cet homme. Tu vas pouvoir préparer tes examens en toute sérénité et vivre ta vie comme tu l'entends.

Les parents de Max ne sont pas loin de moi et me regardent furieux. Je me retourne vers Alex, mais la mère de Max en profite pour m'envoyer des insanités.

— ESPÈCE DE SALOPE … TU ES DEJA AVEC UN AUTRE.

En entendant sa mère, Max même avec les menottes aux poings se débat entre les gardiens de la paix.

— TU VAS ME LE PAYER … JE TE JURE, TU VAS ME LE PAYER.

Le juge intervient quand il voit que je tremble et que je suis blanche comme un linge. J'ai dû m'asseoir, je n'arrive plus à respirer.

— Monsieur et madame Ferrand, je vous demande de sortir de mon tribunal avant d'être obligé de vous dresser un procès-verbal. Quant à vous messieurs les gardiens de la paix, emmenez-moi cet individu en prison. Madame Bertrand, ça va ? Voulez-vous que l'on appelle un médecin ?

— Non, ça va aller Monsieur le juge, merci.

Alex me prend la main, il est inquiet de me voir dans cet état.

— Tu vas bien ma belle ?

— Oui ! Je veux juste récupérer mes papiers et partir enfin d'ici.

— Tu veux que l'on aille chez toi ou chez moi ?

— Chez toi, mais pas de spaghettis, je lui réponds en souriant.

— Même pas à la bolognaise ?

— Surtout pas !

— Pizza, alors.

— Le programme me va très bien.

Alex se retourne vers Stéphane et lui demande.

— Stéphane, tu peux nous déposer, s'il te plait.

— Tu m'offres un verre pour fêter cela ?

— Mange avec nous !

— Sylvie m'attend à la maison.

Je les observe et leur propose.

— Téléphone-lui, on la récupère au passage.

— C'est une bonne idée, me dit Alex.

Pendant que Stéphane appelle Sylvie, Alex m'entraine vers l'extérieur pour que je reprenne des couleurs. Nous nous asseyons sur les marches en attendant le reste de la famille et Maître Alfonsi pour me donner les papiers qui officialiseront mon divorce.

J'appuie ma tête sur l'épaule d'Alex et pour se rapprocher de moi, il passe son bras autour de mes épaules. Il en profite pour embrasser ma tempe et me murmurer des mots doux à l'oreille.

Stéphane arrive droit sur nous pour nous dire que Sylvie nous attend.

— Et les parents ?

— Papa était fatigué et comme les parents ne te voyaient plus, ils ont décidé de partir.

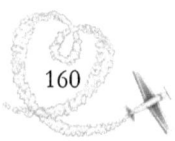

— Je les appellerai quand on sera à l'appartement.

Maître Alfonsi nous rejoint et me tend les papiers.

— Voilà, vos papiers. Je vous souhaite de bonnes révisions et on se retrouve au cabinet après vos examens.

— Merci Maître Alfonsi, pour tout ce que vous avez fait pour moi. Pour le procès, mais également pour le travail que vous m'avez proposé au cabinet. Bonne soirée.

— Bonne soirée.

Il nous laisse pour rejoindre son véhicule et nous montons dans la nôtre pour récupérer Sylvie.

Chapitre 26

Le mois de révisions s'est passé rapidement et ce matin je passe mes examens. Je suis tellement stressée que je me précipite aux toilettes pour vomir mon petit déjeuner.

Alex inquiet, me rejoint.

— Ça va ma belle ?

— Non ! Je lui murmure.

— Tu as pris le temps de voir un médecin ?

— Avec les révisions, je n'ai pas eu le temps, je prendrai rendez-vous promis.

— Viens là, ma belle.

Il m'aide à me redresser, m'emmène jusqu'au salon où il me fait asseoir.

— Écoute-moi Lizzy, je veux que tu prennes soin de toi. Je tiens à toi et je ne veux pas que tu tombes malade, tu es si pâle depuis quelques jours.

— Après les examens, tu verras, ça ira mieux.

— Lizzy …

— Tu as l'air sérieux d'un coup Alex.

— J'ai quelque chose d'important à te dire.

— Je t'écoute.

Il pose ses mains sur ses genoux, il est nerveux et me regarde à peine.

— Lizzy ! Je ne sais pas comment te le dire.

— Tu veux me quitter ? C'est ça !

— Non ! Non ! Pas du tout, bien au contraire.

— Quoi, alors ?

— Je t'aime Lizzy, je t'aime tellement que je veux vivre avec toi.

Je vois dans ses yeux toute l'émotion qu'il ressent en me disant ses paroles, de la véracité de ses dires. Un profond sentiment de bonheur emplit mon cœur et un poids énorme s'en retire. Je ne pensais plus que je pouvais retrouver ce bonheur un jour.

— Mais … Je suis plus chez toi que chez moi, Alex.

— Justement ! Si tu laissais ton appartement pour que l'on puisse vivre vraiment ensemble ?

…

— Alors ?

— Alex ! Je lève ma main pour lui caresser le visage. Puisque nous en sommes aux confidences, moi aussi je t'aime et je veux bien partager ton appartement …

Mais un haut le cœur me reprend et je me précipite aux toilettes pour rendre le peu qu'il me reste dans mon estomac.

— Lizzy, tu n'attends pas que tes examens soient finis pour aller voir un médecin, tu en vois un aujourd'hui. Tu es blanche comme un linge.

— Ce doit être à cause du stress des examens, Alex.

— Tu consultes ce soir tout de même. Si tu n'y vas pas, c'est moi qui t'emmène.

— D'accord, d'accord, je vais prendre rendez-vous maintenant. Voilà tu es content.

— Satisfait et je viendrai avec toi.

— Si tu veux … Papa.

Je prends mon téléphone, j'appelle le cabinet médical pour avoir un rendez-vous, la secrétaire me le donne pour 17 heures.

— Alors ?

17 heures.

Il me prend dans ses bras, m'entoure les épaules, de façon protectrice et me donne des tendres baisers.

— Lizzy ! Je t'aime tellement, je tiens à toi.

Je lui caresse la joue.

— Je t'aime, Alex merci d'être là pour moi.

L'heure tourne et nous voilà prêts pour qu'Alex me conduise au centre d'examen.

Je regarde sur la liste mon numéro et la salle où je dois me rendre. On nous donne notre sujet et c'est parti pour une journée interminable. Je me sens tellement mal par moment que j'ai du mal à me concentrer. Heureusement, je connais le sujet par cœur et au final, je ne m'en sors pas si mal que ça.

A 15 heures 30, j'ai fini ma première journée d'épreuve. J'envoie un texto à Alex pour le prévenir que j'ai fini.

Quand il vient me récupérer, il ne peut s'empêcher de me dévisager fixement :

— Ça ne va pas mieux toi ! Tu as mangé ?

— Je n'avais pas faim.

— Tu exagères ma belle. Il y a une boulangerie, je vais t'acheter une viennoiserie avant ton rendez-vous chez le médecin.

Il se gare à proximité de la boulangerie, va nous acheter à manger, puis revient très vite, mais avec un sac rempli de nourriture. Je souris à son approche. Quand Alex a décidé de s'occuper de moi, il n'y va pas de main morte, il veut absolument que je reprenne des forces.

Il se remet au volant et nous emmène au parc. En sortant de la voiture, il va dans le coffre pour en sortir une couverture. Satisfait de lui, il m'entraine en souriant sous un arbre centenaire. Il étale la couverture et nous nous installons pour un pique-nique improvisé.

Nous prenons le temps de manger et ensuite quand j'ai fini, je m'allonge et pose ma tête sur son torse.

Il caresse mes cheveux. On apprécie l'instant présent. Je ferme les yeux, mais l'impression d'être sur un bateau avec d'immenses vagues se fait sentir. Je me redresse juste à temps pour aller vomir au pied de l'arbre.

Alex me suit et relève mes cheveux pour ne pas qu'ils viennent se mettre devant mon visage.

— C'est presque l'heure du rendez-vous, on y va ma belle.

— Tu as de l'eau, s'il te plait.

Il me ramène un verre avec la bouteille. Je bois par petites gorgées. Pendant ce temps, Alex replie la couverture et nous nous rendons vers sa voiture en nous tenant la main. Il est d'une telle délicatesse que cela me touche au plus profond de mon cœur. Je ne pourrais jamais faire de comparaison entre Max et Alex car il n'y en a aucune, l'un est un monstre et l'autre un ange.

Alex se gare à proximité du centre médical. Nous arrivons ensemble à l'accueil, je donne mon nom, la secrétaire prend ma carte vitale et ma mutuelle. Elle prépare mon dossier et quand il est prêt, on patiente dans la salle d'attente.

Chapitre 27

Nous attendons une dizaine de minutes avant que le docteur Reauland ne me reçoive pour mon rendez-vous. Il me fait entrer dans son cabinet et Alex reste dans la salle d'attente.

— Alors ! Qu'est-ce qu'il vous arrive madame Ferrand ?

— Ce n'est plus madame Ferrand, je viens de divorcer, c'est Bertrand maintenant.

— Dites-moi ce qui vous amène alors madame Bertrand.

— Je pense que c'est dû aux examens que je passe et les révisions intensives de ces dernières semaines. Je suis très fatiguée et depuis deux ou trois jours, je ne retiens plus mes aliments, je les vomis.

— Je vais vous faire un examen complet, prise de sang et d'urine.

Il me donne un flacon :

— Allez aux toilettes et remplissez-le, ensuite revenez ici.

Je vais aux toilettes et bien entendu, c'est toujours dans ces moments-là que nous n'en avons pas envie. Je me lave les mains à l'eau froide pour accentuer le besoin de faire pipi dans le petit pot. Une fois rempli, je rejoins le médecin.

Il me fait allonger sur la table d'auscultation et me fait une prise de sang. Il entreprend ensuite la palpation de mes seins et je me rends compte qu'ils sont devenus très sensibles car je grimace. Il continue avec mon ventre.

— Quand avez-vous eu vos règles pour la dernière fois ? me dit-il en appuyant à divers endroits.

…

— Bon, je vais faire un test rapide avec vos urines et ensuite, je vous fais une échographie.

— Qu'est-ce qu'il se passe docteur ? Fais-je inquiète.

— Rien de grave, je vous rassure.

— Mais pourquoi une échographie ?

— Je suspecte une grossesse.

— Quoi ? Mais comment ?

— Vous voulez que je vous fasse un cours sur la sexualité ? me fait-il avec un petit sourire narquois.

— Non ! Non ! Bien sûr que non …

— Je reviens, je vais aller vérifier vos urines.

Le médecin sort de la salle, je suis sous le choc. Qu'est-ce que je vais dire à Alex. Parce que pour moi, il ne fait aucun doute qu'il est le père, s'il s'avère que je suis réellement enceinte.

Le médecin revient souriant.

— Je vais vous faire l'échographie. Vous êtes bien enceinte.

— Est-ce que vous pouvez faire entrer Alex ?

— C'est le futur papa ?

— Oui …

Il se lève et ouvre la porte :

— Monsieur Bertrand ?

Mais bien entendu, Alex ne vient pas, puisque ce n'est pas son nom.

— Excusez-moi docteur, ce n'est pas le bon nom, c'est Alex Chanfont.

— Monsieur Chanfont ?

J'entends Alex se précipiter.

— Oui ! C'est moi … C'est moi, monsieur Chanfont.

— Entrez, je vous prie.

— Il y a quelque chose de grave, docteur ?

— Non, pas du tout, mais on a besoin de vous.

Je suis installée sur la table d'examen, le médecin fait asseoir Alex à côté de moi. Je vois la panique dans ses yeux. Il se demande ce qu'il se passe et je vois qu'il est en train de se faire pleins de scénarios dans sa tête. Je tends ma main vers lui, il la prend en la serrant très fort dans la sienne comme pour essayer de se rassurer à travers mon contact.

— Vous êtes prêts ?

— Prêts à quoi, docteur ? Demande Alex.

Le médecin met du gel sur mon ventre, et commence son auscultation. Il tourne sur un bouton et un battement se fait entendre dans la pièce.

— Lizzy, c'est … C'est ce que je comprends ?

— Et qu'est-ce que tu comprends, Alex ?

— Tu es enceinte ?

— Oui …

— On va être parents ?

— Je vous confirme, vous allez être parents. Par contre …

— Il y a un problème docteur ? S'affole Alex en se redressant précipitamment.

— Non ! Aucun, il y en a juste deux.

— Deux quoi ? Je demande au médecin.

— Deux battements de cœur.

— Des jumeaux ? Disons-nous en chœur.

Alex, ému se penche pour m'embrasser avec passion, il est tellement heureux et cela se lit sur son visage.

— On se calme monsieur, vous n'allez pas me faire les autres ici.

— Les autres ?

— Les autres enfants.

Avec Alex, nous sourions bêtement, toujours dans notre euphorie d'être parents.

— Docteur, qu'est-ce qu'il va se passer maintenant ? Je lui demande.

— Je vais vous expliquer ça dans un instant.

Des jumeaux… Je n'en reviens pas, je me répète dans ma tête, des jumeaux d'Alex, on a fait des jumeaux, Alex et moi. Le chemin parcouru depuis ma sortie de l'hôpital me paraît incroyable.

Je suis dans ma bulle, heureuse du cadeau qu'enfin la vie me fait. La vie peut être belle et je n'en suis qu'à son commencement.

Je caresse mon ventre avec la main d'Alex.

Je me tourne vers le médecin et lui demande :

— Docteur, est-ce que je peux les entendre à nouveau, je n'arrive pas à réaliser.

— Et quand ils seront là, vous me demanderez de les remettre où ils sont tellement ils feront du bruit. C'est bien pour vous faire plaisir.

Il refait la même chose que tout à l'heure et le son que nous entendons est toujours aussi magique, leurs petits cœurs battent à l'unisson.

— Maintenant vous allez me faire grandir vos crevettes tranquillement jusqu'à l'accouchement.

Chapitre 28

Les examens sont terminés depuis maintenant une semaine. Tant mieux, parce que se lever le matin, malade comme un chien, ce n'est pas forcément l'idéal. Je dois patienter encore quelques jours pour savoir si j'ai réussi mes épreuves.

En attendant, Alex est aux petits soins et même un peu trop car j'ai dû le calmer très vite, cela commençait à tourner à l'obsession. Fallait faire attention à ci ou faire attention à ça. Au bout de deux jours, j'en ai eu tellement marre et je lui ai dit *si tu continues comme ça, les jumeaux n'auront pas de père* et il s'est calmé très vite.

On avait décidé de vivre dans son appartement et finalement avec l'arrivée des jumeaux, on va devoir chercher plus grand.

Pour l'instant, à part mon frère et Sylvie, personne n'est au courant de ma grossesse. Je veux attendre encore un peu avant de l'annoncer à mes parents, mais aussi aux parents d'Alex.

Je suis dans les bras d'Alex qui dort encore, il a sa main posée sur mon ventre. Je ne bouge pas pour ne pas le réveiller, mais ses lèvres viennent délicatement m'embrasser dans le cou.

— Je sais que tu es réveillée, ma belle, me murmure-t-il au creux de l'oreille.

— Je ne voulais pas bouger, pour te laisser dormir.

— Tu te sens pour un petit déjeuner ?

— Pas encore ! Il y a encore des vagues qui menacent à l'intérieur.

— Ils font déjà du grabuge, les petits monstres à leur papa ?

— J'en ai bien l'impression, mon ange.

— Bon ! je vais éviter de bouger, alors !

— Si cela continue comme ça, je vais ressembler à une baleine échouée sur une plage déserte, abandonnée de tous.

— Je serai là, pour ma belle baleine et mes baleineaux.

— Mmm ... J'aime l'image. Ne cherche pas à me faire rire, sinon je suis bonne pour les toilettes. Oh ! Mon Dieu ! Je dois y aller.

Il me lâche et je me retrouve en train d'essayer de rendre, je ne sais quoi, tellement je n'ai plus rien dans mon estomac. Il est déjà à mes côtés avec un gant de toilette humide pour éponger mes lèvres.

— Je crois que je vais prendre une douche. Cela va me faire du bien.

— Tu veux que je vienne avec toi, ma belle ? me dit-il en venant se coller à mon dos et m'entourant la taille de ses mains.

— Heu ! Je ne prends pas le risque, tu serais capable d'en rajouter un troisième.

— Tu crois ? Me fait-il en posant ses lèvres dans mon cou pour y déposer des baisers coquins.

— Il ne manquerait plus que ça, mon ange, lui fais-je en penchant ma tête sur le côté pour lui laisser libre accès à la zone convoitée. Alex… Ce n'est pas que je ne veux pas, mais je ne me sens pas très…

— T'inquiète, je comprends, mais tu n'y échapperas pas … Plus tard. Il recule sur un dernier bisou. Bon, je vais te préparer ton petit déjeuner spécial future maman.

Je me mets sur la pointe des pieds pour lui donner un baiser sur ses lèvres avant qu'il n'aille dans la cuisine.

Sous la douche, je prends le temps de me laver et de caresser mon ventre. Je ne suis pas revenue seule du beau séjour à Deauville, deux petits malins ont réussi à prendre leur place pour le retour.

Maintenant que j'ai assimilé la nouvelle, ça va mieux, mais j'avoue qu'au début, c'était l'affolement dans ma tête, surtout quand j'ai appris qu'il n'y en avait pas un, mais deux. Sur ce coup-là, on a fait fort !

Je sors de la salle de bain pour rejoindre Alex à la cuisine. L'odeur du petit déjeuner m'attire, j'espère que celui-ci, je vais le garder.

— Après le petit déjeuner, tu as prévu quelque chose, ma belle ?

— Non ! Rien. À part téléphoner à Sylvie pour s'organiser un après-midi shopping.

— Il faut aussi qu'on commence à chercher un nouvel appartement.

— On se met sur l'ordi juste après. Pourquoi pas une maison ?

— On regardera les deux si tu veux, pour moi, tant que l'on est ensemble, peut m'importe l'endroit.

On prend le temps d'être tous les deux, dans quelques jours, Alex s'envole pour le Mexique. Il a déjà fait une demande à sa direction, pour faire les courts et moyens courriers, en exposant le fait qu'il allait être père.

Alex commence à regarder les locations, le temps que je fasse un tour vers la case toilettes et vomir… Vivement que cela s'arrête.

— Et si on regardait pour acheter, puisqu'on ne trouve rien qui nous plaît ? Lui dis-je.

Et nous voilà, en train d'éplucher les annonces sur internet. Il y a tellement de sites où les particuliers proposent leur bien ainsi que des agences immobilières que l'on va bien trouver notre bonheur.

Nos regards sont attirés en même temps vers l'annonce qui nous présente une coquette maison où il y a cinq chambres, deux salles de bains, mais surtout un jardin. On se regarde et on se sourit. Avec un petit peu de chance, nous venons

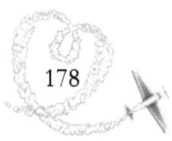

de trouver notre petit nid et nous pourrons y accueillir nos futurs monstres.

— Tu téléphones ? Je lui demande.

— Croisons les doigts pour qu'elle soit toujours dispo …

Je croise les doigts et je relève mes jambes pour lui montrer mes doigts de pieds, ce qui le fait rire.

Il compose le numéro et après trois sonneries, une personne décroche. En le voyant parler, je m'excite toute seule sur le canapé. Je l'entends dire à la personne qu'il a au bout du fil :

— Très bien à 11 heures ce matin. Au revoir madame.

— On a un rendez-vous ce matin ?

— Oui ! Ma belle. Ils ont mis l'annonce ce matin.

— C'est un signe, elle est pour nous, je lui dis en trépignant d'impatience.

Il se met à mon niveau et vient m'embrasser. Il se détache légèrement et me dit :

— Tu es si belle, quand tu es radieuse comme maintenant. J'ai envie que notre vie ensemble n'aie aucune embûche. Je regarde les informations sur l'ordi et après, on se prépare.

— Ça marche ! Je vais m'habiller. Je ne tiens plus.

Il me regarde aller dans la chambre. Quand je disparais de sa vue, il reprend l'ordinateur, mais il me rappelle très vite.

— Qu'y a-t-il ?

— Tu as eu ton avocat, récemment ?

— Non ! Pourquoi ?

— Hier, Max a été retrouvé mort dans la douche de la prison. Il a été passé à tabac.

— Oh! Mince. Malgré le mal qu'il m'a fait, je ne lui souhaitais pas la mort.

— Je sais ma belle. Je pense que Maître Alfonsi va te mettre au courant. Tu te sens de faire la visite?

— Oui! Bien sûr. Cela me fait un choc, mais je ne suis plus sa femme. Et avec l'enfer qu'il m'a fait vivre, je n'ai pas envie que sa mort me touche.

— Je range l'ordi et je vais me préparer.

Quand nous sommes prêts, nous partons à notre rendez-vous.

Chapitre 29

Avec Alex, nous profitons des derniers jours dans cet appartement où on a vécu nos débuts amoureux. À la fin de la semaine, on emménage dans la maison que nous avons achetée, il y a maintenant quelques mois. Le temps de faire des travaux et de refaire les peintures et la maison est prête à nous accueillir.

Mon ventre lui n'a pas cessé de s'arrondir, il faut dire qu'il y a de l'agitation là-dedans. *Les petits monstres* comme continue à les appeler Alex sont pleins de vie.

Mes parents sont heureux, ils ne vont pas être qu'une seule fois papy et mamy, mais trois fois en l'espace de deux mois. Sylvie est sur le point d'accoucher et je la suivrai de très près.

J'ai réussi mes examens haut la main, mais entre la fatigue, les nausées et mon ventre proéminent, je n'ai pas pu commencer mon travail. Le cabinet m'a confirmé qu'il me gardait la place comme promis et qu'il préférait que je prenne soin de moi en préparant l'arrivée des petits sereinement et revenir ensuite en pleine forme et pleine d'énergie. J'ai vraiment de la chance sur ce coup-là, ce ne sont pas toutes les sociétés qui proposeraient ce genre de compromis.

Avec Alex, on sort ce soir. Il m'a dit qu'il avait réservé une table pour passer une soirée en amoureux. J'enfile une robe de grossesse qui va abriter mon énorme ventre et mes petits.

Je les appelle *mes petits*, parce qu'à l'échographie, je n'ai pas voulu savoir leur sexe. Je veux avoir la surprise à la naissance. Pour Alex, peu importe fille ou garçon, l'essentiel c'est que tout se passe bien, pour eux comme pour moi.

Ma robe rouge est tout de même féminine. J'enfile mes ballerines, je me dirige vers la salle de bain, un maquillage léger, je lâche mes cheveux et me voilà prête.

Alex me rejoint habillé d'un jean et d'une chemise blanche avec sa veste posée sur l'épaule qu'il a accrochée à un doigt. La classe faite homme. Je l'admire au passage.

— Regarde de quoi j'ai l'air à côté de toi.

Je lui dis en caressant mon ventre. Il s'approche, pose ses mains sur les miennes et pose ses lèvres sur ma bouche.

— Tu es magnifique, ma belle. N'oublie pas que tu as nos petits monstres là-dedans.

— Je me languis qu'ils sortent.

Il appuie son front sur le mien amoureusement, puis me serre dans ses bras.

— Ma belle comme je t'aime. C'est le plus beau cadeau que tu puisses nous faire. Tu es prête ?

— Prête !

— On est parti…

Arrivés à la voiture, il m'aide à m'installer. Nous voilà partis pour notre soirée en amoureux au restaurant.

Il se gare devant l'établissement, apparemment il a changé ses habitudes, on n'est encore jamais venu dans celui-ci. Il vient m'ouvrir la portière et nous nous avançons à l'intérieur.

Pour un restaurant, c'est bien calme, je trouve. Un serveur s'avance vers nous, je remarque qu'Alex ne lui donne pas de nom et qu'il nous emmène devant une porte qu'il ouvre quand nous sommes devant.

Derrière, j'observe plein de visages familiers. Mes parents ainsi que ceux d'Alex sont en train de parler ensemble. Sylvie est assise sur une chaise et Stéphane avec un verre de jus d'orange à la main. J'aperçois également le frère et les sœurs d'Alex et aussi tout notre groupe d'amis.

— Je croyais que c'était un resto en amoureux !

— Tu veux repartir ?

— Non ! Mais pourquoi sont-ils là ?

— Tu poses beaucoup de questions ma belle. Viens, on va dire bonsoir.

— Je te suis…

Nous faisons le tour, puis avec lassitude, je m'assois à côté de Sylvie. On se regarde et on se met à rire.

— On a vraiment l'air de deux baleines, je lui dis.

— À part que je vais accoucher avant toi, me murmure-t-elle.

— C'est normal, tu étais enceinte avant moi, je te rappelle.

— Je veux dire … J'ai des contractions.

Elle grimace de douleur.

— Appelle ton frère, s'il te plait.

— Bouge pas !

— Où tu veux que j'aille …

— Ça fait mal ?

— Lizzy arrête avec tes questions … Ton frère ! me dit-elle en s'agrippant à ma robe.

— Stéphane …

Rien ! Il ne se retourne pas, alors je prends mon souffle et me voilà en train de hurler :

— STEPHANE … TA FEMME VA ACCOUCHER …

Il se retourne et se précipite vers Sylvie. Il l'aide à se relever, puis ils partent aussi vite que peut le permettre ma belle-sœur. Alex vient me voir, pour être sûr que je vais bien.

La soirée se passe dans une bonne ambiance malgré que nous sommes dans l'attente de nouvelles de Sylvie et de Stéphane. Alex s'avance vers moi avec deux verres de jus d'orange, il demande l'attention de tous et s'adresse à l'assemblée.

— J'avais prévu cette soirée, pour fêter la réussite avec mention des examens de Lizzy. Mais comme vous êtes tous présents, je vais en profiter pour lui poser une question.

Guillaume se met à hurler.

— ACCOUCHE … Alex.

— Laisse-moi parler !

Son regard ému me transperce. Il a une larme qui glisse sur sa joue. Une telle émotion me prend au cœur.

— Lizzy... Après des débuts difficiles tous les deux, je ne me vois pas vivre sans toi. Bientôt, l'arrivée de nos petits monstres va faire de moi un homme heureux. Nous sommes déjà une famille et pour l'être vraiment, veux-tu être ma femme ?

Je le contemple avec les larmes aux yeux, ma sensibilité et mon émotivité sont un des traits de mon caractère qu'il a réussi à apprivoiser.

Je lui prends les mains pour qu'il m'aide à me redresser.

— Alex ! Je t'aime plus que ma vie, alors ! Oui, je veux être ta femme. Et tu as raison, nous sommes déjà une famille avec nos petits.

Il me prend dans ses bras pour m'embrasser fougueusement et, au même moment, nos petits monstres s'agitent dans mon ventre. Alex les ressent et s'écarte en riant :

— Je crois qu'ils approuvent notre choix.

— ELLE A DIT OUI... Hurle Guillaume.

Épilogue

Je regarde souriante, par la fenêtre du salon. Alex est en train de faire du jardinage avec les jumeaux. On s'est marié six mois après leur naissance et rien n'a changé entre avant et après notre mariage à part le fait que l'on s'aime toujours autant si ce n'est plus.

Il faut dire qu'à cinq ans, nos enfants sont très curieux d'apprendre et surtout de voir pousser ce qu'ils ont fait avec leur père. Le fils de Stéphane est avec eux, par moment, on dirait des triplés.

Sylvie est installée sur le canapé. Je vais la rejoindre pour m'échouer à côté d'elle. On se regarde en rigolant.

— Qui aurait pu croire que l'on recommencerait cinq ans plus tard ?

— Oh ! Pas moi en tout cas, je lui réponds.

— Je me doute.

— À part que cette fois-ci, j'accouche avant toi, je lui dis.

— Mais … Toi avec toujours des jumeaux.

— Arrête ! J'ai l'impression d'avoir pris un abonnement.

— Un abonnement pour quoi, ma belle ? demande Alex en rentrant dans le salon.

— Un abonnement pour les jumeaux, mon ange.

— Heureusement que la maison est grande, me dit-il.

— Tu as laissé les enfants dehors ?

— Ils sont dans l'entrée, ils enlèvent leurs chaussures.

— J'arrive pour la douche. Sylvie, Tom peut se doucher ici comme ça, tu seras tranquille quand tu rentreras chez toi.

— Je viens avec vous, alors !

Stéphane arrive à ce moment-là, il monte rejoindre les enfants et Alex. Nous les suivons avec Sylvie.

Quand nous arrivons dans la salle de bain, Stéphane et Alex sont trempés de la tête aux pieds.

Tom, Inès et Adam s'en donnent à cœur joie.

Avec Sylvie, nous éclatons de rire devant ce spectacle. Nos hommes ont l'air complètement dépassés par les évènements, mais ont le sourire aux lèvres.

La montée des escaliers m'a épuisée, je dis à Sylvie que je vais dans la chambre me reposer, mais je n'ai pas le temps d'y arriver. Je sens du liquide couler sur mes jambes et une pression douloureuse dans le dos. Ma grimace fait réagir Sylvie qui comprend que quelque chose ne va pas.

— Lizzy ! Tu vas bien ?

— Non !

En entendant ma réponse, Alex laisse les enfants à Stéphane, et me rejoint.

— Qu'est-ce qu'il y a ma belle ?

— Les bébés vont arriver.

— Stéphane ! Je te laisse les enfants, j'emmène Lizzy à l'hôpital.

— Ne vous inquiétez pas pour Inès et Adam, on s'occupe d'eux.

Attentionné, Alex m'aide à monter dans la voiture familiale.

— Ça va ma belle ?

— Ça va trop vite. J'ai l'impression qu'ils sont déjà là. Fais vite …

Il me regarde, impuissant face à la douleur qui me tenaille.

— C'est pire que les monstres. Ils vont trop vite. S'ils continuent comme ça, je vais accoucher dans la voiture.

— On y est presque.

Il se gare devant les urgences et va vite chercher un brancardier pour me transporter. Je l'entends dire :

— Vite … Vite … Ma femme accouche.

Le médecin des urgences m'ausculte, il n'a pas le temps de m'envoyer en salle d'accouchement que le premier bébé arrive. Puis, peu après, le deuxième fait son entrée dans le monde en fanfare.

— Félicitations, un garçon et une fille.

Tout à notre bonheur, nous regardons, émerveillés, nos deux bébés fraîchement sortis.

— On reprend un abonnement, ma belle ?

— Heu! Non! Mon ange, on a une belle brochette avec quatre enfants. On a déjà une belle famille.

Alex se penche vers moi en rigolant et dépose un tendre baiser sur mes lèvres.

— Oui, nous avons une belle famille. Merci pour ce merveilleux cadeau Lizzy.

******

La famille est réunie pour fêter les un an de Mathis et Charline. Ils commencent à peine à marcher, heureusement qu'Inès et Adam, du haut de leurs six ans nous aident beaucoup.

Il fait une belle journée et nous sommes installés dans le jardin avec famille et amis. Les grands-parents sont arrivés en avance pour nous aider à préparer la fête et profiter des enfants.

Alex vient se mettre derrière moi et passe ses bras pour venir placer discrètement ses mains sur ma poitrine. Il embrasse mon cou, me câline et les enfants viennent nous rejoindre.

Inès et Adam prennent les mains de Mathis et Charline pour faire une ronde autour de nous.

Guillaume en profite pour nous prendre en photo. Il se moque d'Alex, mais bientôt, ce sera à son tour de connaître les joies de la paternité.

Stéphane arrive avec sa famille, Sylvie, Tom et Coline. Il est prévu que Coline souffle les bougies avec Mathis et Charline. Nos trois petits derniers ne se quittent plus, il faut dire qu'ils ont quinze jours de différence.

Alex prend nos quatre enfants et les emporte à l'intérieur pour qu'ils fassent leur sieste.

Lorsqu'il redescend, il adresse quelques mots à nos parents qui ont l'air d'approuver ce qu'il leur dit et le regardent repartir en souriant.

Il me rejoint, me prend par la main et nous nous éloignons de la fête. On va en dessous du saule pleureur. Une couverture est installée, avec deux coupes de champagne et des petits fours. Je souris et je comprends alors qu'il a dû avertir nos parents que nous allions nous absenter pour passer un petit moment tous les deux.

Après toutes ces années ensemble, il arrive encore à me surprendre. Il me fait asseoir, remplit les coupes et m'en donne une.

— À la tienne ma belle. Je t'aime comme au premier jour et un peu plus chaque jour que je passe à tes côtés. À la santé de nos petits.

— Je t'aime Alex. Tu es mon mari, mon amant, mon ami et surtout l'homme de ma vie.

Il m'allonge pour me faire l'amour à l'abri des regards. Cet arbre est vraiment l'endroit rêvé pour nous enfermer dans notre cocon et nous aimer sans être dérangés.

Et pendant toutes les années à venir, je suis sûre que cet arbre va nous voir souvent. Heureusement que cet arbre est muet, car il gardera à jamais au sein de ses branches, tout ce qu'il pourra y voir.

Remerciements

Vous êtes en train de vous dire, on est encore parti pour des remerciements sans fin. Elle va nous saouler avec les mercis pour l'un et pour l'autre, quelque part, vous avez raison.

Alors! Je vais faire simple, car je préfère les gestes à la parole. Les mots écrits même s'ils touchent, ce n'est pas pareil.

Mille mercis aux bêtas qui ont pris le temps de me lire, je vais commencer par le seul homme, Stéphane, il m'a dit : «Tu m'as touché profondément avec ton histoire.», merci également à Karine Tisler pour son avis, ainsi qu'à RG Sylvie d'être toujours présente quand j'en ai besoin. Merci à Marilyn Sigonneau pour son intervention. Vient le summum des REMERCIEMENTS en majuscules bien sûres, à Christelle Landreau, une super nana, bêta, mais aussi une correctrice au top. Christelle, je n'ai pas de mots pour te dire ce que je ressens.

Merci à vous les lectrices, lecteurs d'avoir pris le temps de lire cette histoire, difficile à écrire, elle m'a arraché les tripes en l'écrivant et aussi merci à vous, lectrices, lecteurs de me suivre dans cette aventure encore une fois.

Merci à Sonia pour l'ultime correction et Orlane pour la couverture.

Je n'oublie pas mon petit groupe de super nanas, Claudine, Laëtitia, Angelesse, Nathalie et Christelle.

Merci aux blogueuses sans qui nous ne serions rien.

Merci à Carine Guzman pour le titre.

Et un grand merci à mon fils, mon ado, l'amour de ma vie.

Les écrits des auteurs de Rouge Noir Éditions

Joséphine LH

— Entre Provence et Cyclades

— Destinée – Les Moretti

— En toute sensualité

— Gare aux sentiments

— Humour d'en rire

— Seulement en E-book :

— Fanny - Rencontre avec l'impossible

— La soirée des désirs

— Souvenir d'une belle rencontre

Lara DANTONY

— Fantasmes

Ingrid MOREL & Damien CLAIRE

— Ambre & Mac
— Ambre 2 Mac
12 heures
— Fucking life

Manon T.

— L'été de toutes les audaces

Priscilla DORSCHNER

— Violette

Nell

— Sexy coach

Chris TL

— Un choix … Une vie

Pauline M.

— Un Noël féerique

Meline THOMAS

— Moment de vie

Celina ROSE

— L'armes tome 1, tome 2 et tome 3
— Passion, sexe et frissons

Emy Lie

— B.I.L.Y.

Le nouveau souffle d'une vie
Josephine LH

ISBN :
978-2-902562-48-0

Couverture :
© Orlane, Instant immortel

Mise en pages :
© Orlane, Instant immortel

Images :
© Shutterstock (de 4 PM production), © Freepik

Collection Dahlia
© 2020, Rouge noir éditions

Mentions légales

Rouge Noir éditions
Avenue de Saint Andiol
13440 CABANNES
rougenoireditions@gmail.com

N°SIRET
80468872900016

Édition: BoD - Books on Demand